Os exércitos

Evelio Rosero

Os exércitos
Romance

tradução:
Maria Paula Gurgel Ribeiro

Copyright © Evelio Rosero, 2007
First published in Spanish language by Tusquets Editores,
Barcelona, 2007
Copyright da tradução © 2010 by Editora Globo, S.A.

Todos os direitos reservados. Nenhuma parte desta edição pode ser utilizada ou reproduzida – em qualquer meio ou forma, seja mecânico ou eletrônico, fotocópia, gravação etc. – nem apropriada ou estocada em sistema de bancos de dados, sem a expressa autorização da editora.

Texto fixado conforme as regras do novo Acordo Ortográfico da Língua Portuguesa
(Decreto Legislativo nº 54, de 1995)

Preparação: Ana Maria Barbosa
Revisão: André de Oliveira Lima, Beatriz de Freitas Moreira
Capa: Andrea Vilela de Almeida
Imagem de capa: Old town hall clock © Bruno Ehrs / Corbis

Dados Internacionais de Catalogação na Publicação (CIP)
(Câmara Brasileira do Livro, SP, Brasil)

Rosero, Evelio
    Os exércitos / Evelio Rosero ; tradução Maria Paula Gurgel Ribeiro.
– São Paulo : Globo, 2010
    Título original: Los ejércitos.
    ISBN 978-85-250-4844-8

    1. Ficção colombiana I. Título.

10-02759   CDD-co863

Índice para catálogo sistemático:
1. Ficção : Literatura colombiana co863

Direitos de edição em língua portuguesa
adquiridos por Editora Globo S.A.
Av. Jaguaré, 1485 – 05346-902 – São Paulo, SP
www.globolivros.com.br

Para Sandra Páez

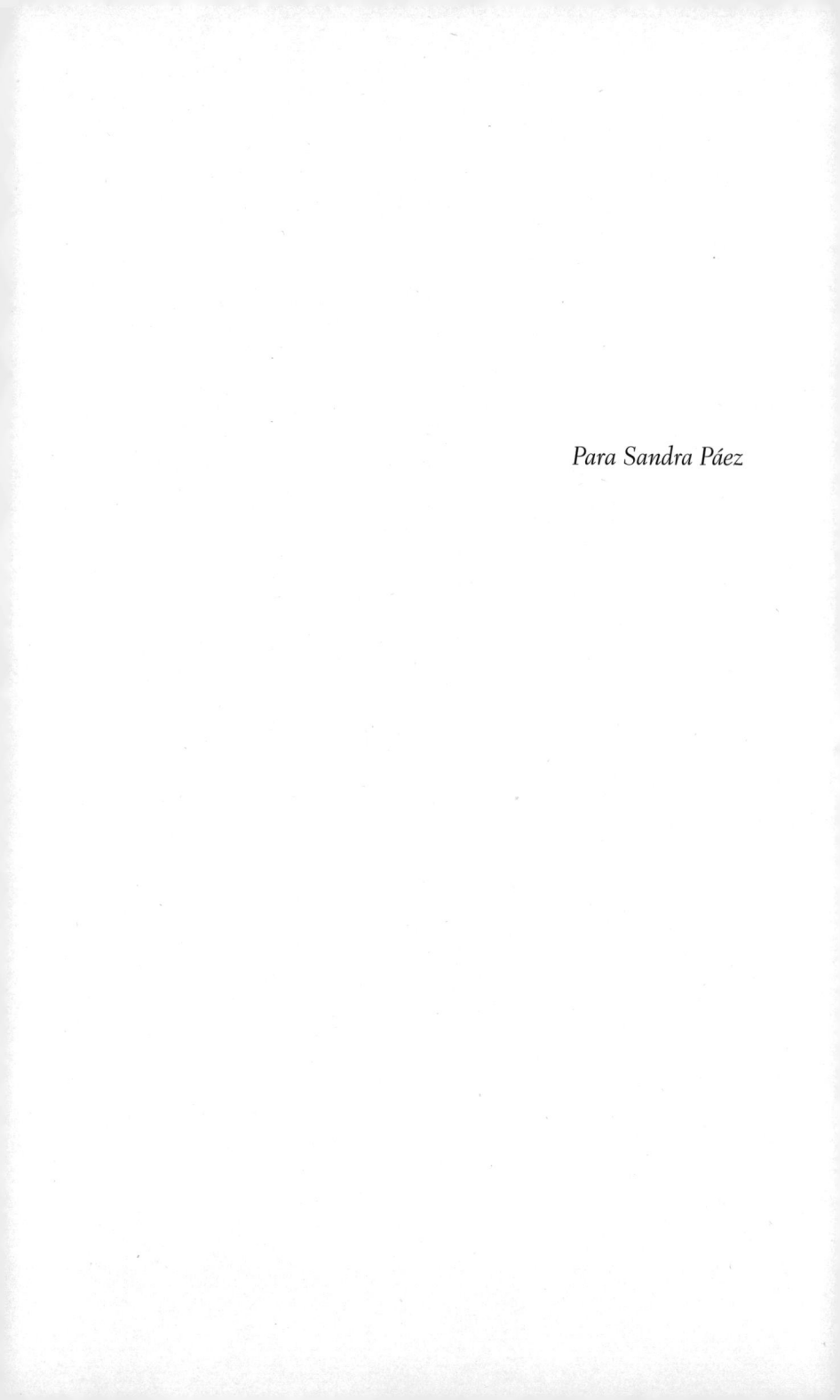

Será que não há nenhum perigo em parodiar um morto?
MOLIÈRE

E ERA ASSIM: NA CASA DO BRASILEIRO, as araras riam o tempo todo; eu as ouvia, do muro da horta da minha casa, na escada, colhendo minhas laranjas, jogando-as no grande cesto de palha; de vez em quando sentia, às minhas costas, que os três gatos me observavam, cada um numa das amendoeiras, o que me diziam?, nada, sem entendê-los. Mais atrás, a minha mulher dava de comer aos peixes no tanque: assim envelhecíamos, ela e eu, os peixes e os gatos, mas a minha mulher e os peixes, o que me diziam? Nada, sem entendê-los.

O sol começava.

A mulher do brasileiro, a esbelta Geraldina, procurava o calor no seu terraço, completamente nua, deitada de barriga para baixo na vermelha colcha florida. A seu lado, à sombra refrescante de uma sumaúma, as enormes mãos do brasileiro volteavam, sábias, pelo seu violão, e sua voz se elevava, plácida e persistente, entre o doce riso das araras; assim avançavam as horas em seu terraço, de sol e de música.

Na cozinha, a bela cozinheirazinha — eles a chamavam de "a Gracielita" — lavava os pratos em cima de um banquinho amarelo. Eu conseguia vê-la através da janela sem vidro da cozinha, que dava para o jardim. Mexia seu traseiro, sem saber disso, ao mesmo tempo em que esfregava: atrás da diminuta saia branquíssima cada canto do seu corpo se chacoalhava, ao ritmo frenético e consciencioso da tarefa: pratos e xícaras chamejavam em suas mãos trigueiras: de vez em quando uma faca serrilhada aparecia, luminosa e feliz, mas, em todo caso, como que ensanguentada. Eu também sofria, além de sofrer por ela, essa faca como que ensanguentada. O filho do brasileiro, Eusebito, a contemplava às escondidas, e eu o contemplava contemplando-a, ele jogado debaixo de uma mesa repleta de abacaxis, ela submersa na profunda inocência, possuída dela mesma, sem sabê-lo. Ele, pálido e tremendo — eram os primeiros mistérios que descobria —, ficava fascinado e atormentado pela terna calcinha branca escapulindo entre as generosas nádegas; eu não conseguia entrevê-las da minha distância, mas o que era pior: as imaginava. Ela tinha a mesma idade dele, doze anos. Era quase roliça e, no entanto, espigada, com rosados brilhos nas faces queimadas, pretos os crespos cabelos, assim como os olhos: em seu peito os dois frutos breves e duros se erguiam como que à procura de mais sol. Prematuramente órfã, seus pais haviam morrido quando aconteceu o último ataque ao nosso vilarejo de não se sabe ainda que exército — se os paramilitares, se a guerrilha: um cilindro de dinamite estourou no meio da igreja, na hora da Elevação, com metade do vilarejo dentro; era a primeira missa de uma Quinta-Feira Santa e houve catorze mortos e sessenta e quatro feridos — a menina se salvou por um milagre: encontrava-se vendendo bonequinhos de açúcar na escola; por recomendação do padre Albornoz, vivia e trabalhava, desde então, na casa do brasileiro — isso deve fazer uns dois anos. Muito bem ensinada por Geraldina, aprendeu a preparar todos os pratos, e ultimamente até os inventava, de maneira que, fazia um ano, mais ou menos, Geraldina havia se desinteressado para sempre da cozinha. Isto eu já sabia, vendo Geraldina se dourar ao sol da manhã, beber vinho, esticar-se e relaxar sem outra preocupação que não a cor da sua pele, o próprio cheiro do seu cabelo como se se tratasse da cor e da textura de seu coração. Não em vão seu longuíssimo cabelo acobreado, como uma asa, invadia cada uma das ruas desta San José, vilarejo de paz, se ela nos dava a graça de sair para passear. A diligente e ainda jovem Geraldina guardava para Gracielita seu dinheiro ganho: "Quando você fizer quinze anos", eu ouvia que ela dizia, "eu lhe entregarei religiosamente o seu dinheiro, e ainda muitos presentes. Você vai poder estudar para modista, vai ser uma mulher de bem, vai se casar, seremos os padrinhos do seu primeiro filho, você virá nos visitar a cada domingo, não é verdade, Gracielita?", e ria, eu a ouvia, e a Gracielita também ria: tinha um quarto nessa casa, ali a esperavam, a cada noite, sua cama, suas bonecas. Nós, seus vizinhos mais próximos, podíamos assegurar com a mão no coração que a tratavam como uma filha.

A qualquer hora do dia, as crianças se esqueciam do mundo e brincavam no jardim tinindo de luz. Eu as via. Eu as ouvia. Corriam pra lá e pra cá entre as árvores, rolavam abraçadas por entre as suaves colinas de grama que ampliavam a casa, deixavam-se cair em seus precipícios, e, depois da brincadeira, das mãos que se entrelaçavam sem sabê-lo, os pescoços e pernas que se roçavam, os hálitos que se misturavam, caminhavam para contemplar, fascinadas, os saltos de uma rã amarela ou o rastejar intempestivo de uma cobra entre as flores, que as imobilizava de espanto. Cedo ou tarde aparecia o grito lá do terraço: era Geraldina, mais nua do que nunca, sinuosa debaixo do sol, sua voz outra chama, aguda, mas harmoniosa. Chamava: "Gracielita, é preciso varrer os corredores".

Elas deixavam a brincadeira, e uma espécie de triste tédio as trazia de volta ao mundo. Ela ia correndo, imediatamente, para retomar a vassoura, atravessava o jardim, o uniforme branco ondeava contra seu umbigo feito uma bandeira, cingindo seu corpo novo, esculpindo-a no púbis, mas ele a seguia e não demorava em retomar, involuntariamente, sem entender, o outro jogo essencial, o paroxismo que o fazia idêntico a mim, apesar de sua meninice, o jogo do pânico, o incipiente, mas subjugante desejo de olhá-la sem que ela soubesse, espiando-a com deleite: ela inteira um rosto de perfil, os olhos como que absortos, embebidos sabe-se lá em que sonhos, depois as panturrilhas, os joelhos redondos, as pernas inteiras, unicamente suas coxas, e, se houvesse sorte, mais além, nas profundezas.

— O senhor fica encarapitado nesse muro todos os dias, professor. Não se cansa?

— Não. Colho minhas laranjas.

— E algo mais. Fica olhando para a minha mulher.

O brasileiro e eu nos contemplamos por um instante.

— Pelo visto — ele disse —, suas laranjas são redondas, mas mais redonda deve ser a minha mulher, não é mesmo?

Sorrimos. Não podíamos fazer outra coisa.

— É verdade — eu disse. — Se o senhor está dizendo.

Eu não olhava para sua mulher nesse momento, só para Gracielita, e, no entanto, lancei involuntariamente uma olhada para o fundo do terraço onde Geraldina, estirada de barriga para baixo na colcha, parecia se espreguiçar. Hasteava os braços e as pernas em todas as direções. Acreditei ver no lugar dela um inseto iridescente: de repente se pôs de pé, de um salto, um gafanhoto resplandecente, mas se transformou de imediato, nada mais nada menos, em só uma mulher nua quando olhou para nós e começou a caminhar na nossa direção, segura em sua lentidão felina, às vezes abrigada sob a sombra dos guáiacos da sua casa, roçada pelos braços centenários da sumaúma, como que consumida de sol, que, mais do que reluzi-la, a obscurecia de pura luz, como se a engolisse. Assim a víamos se aproximar, igual a uma sombra.

Eusebio Almida, o brasileiro, tinha uma varinha de bambu na mão e a batia suavemente na sua grossa calça cáqui de montar. Acabara de chegar da caça. Não longe, ouvia-se o bater de cascos do seu cavalo, entre o riso esporádico das araras. Via que a sua mulher se aproximava, nua, bordejando os azulejos da pequena piscina redonda.

— Sei muito bem — disse sorrindo com sinceridade — que ela não liga. Isso não me preocupa. Eu me preocupo pelo senhor, professor; o seu coração não dói? Quantos anos o senhor disse que tem?

— Todos.

— Humor não lhe falta, isso sim.

— O que quer que eu diga? — perguntei, olhando para o céu.

— Eu ensinei a ler àquele que agora é o prefeito e também ao padre Albornoz; puxei a orelha de ambos e, como você pode ver, não me enganei: ainda deveríamos puxá-las.

— Você me faz rir, professor. Sua maneira de mudar de assunto.

— De assunto?

Mas sua mulher já estava com ele, e comigo, embora ela e eu estivéssemos separados pelo muro e pelo tempo. O suor brilhava na sua testa. Sorria inteira: a ampla gargalhada partia da escassa penugem da rosada risca no meio, que, mais do que espiar, eu pressentia, até a boca aberta, de dentes pequenos, que ria como se chorasse:

— Vizinho — uivou para mim com um grito festivo, seu costume ao nos encontrarmos em qualquer esquina —, estou com tanta sede, não vai me dar uma laranja?

Descobria-os, felizes, agora abraçados a dois metros abaixo de mim. As jovens cabeças erguidas e sorridentes me vigiavam, por sua vez. Escolhi a melhor laranja e eu mesmo comecei a descascá-la, enquanto eles se balançavam, divertidos. Nem ela nem ele pareciam se importar com a nudez. Só eu, mas não dei mostras dessa solene, inevitável emoção, como se nunca, nesses últimos anos da minha vida, tivesse sofrido ou pudesse sofrer a nudez de uma mulher. Estiquei o braço para baixo, com a laranja na mão, em direção a ela.

— Cuidado, professor, que vai cair — disse o brasileiro. — Melhor jogar essa laranja. Eu pego.

Mas eu continuei transversal ao muro, esticado: para ela bastava dar um passo e receber a laranja. Entreabriu a boca, surpresa, deu o passo e recebeu a laranja de mim, rindo outra vez, encantada.

— Obrigada — disse.

Um eflúvio amargo e doce subiu da boca avermelhada. Sei que essa mesma exaltação agridoce apanhou a nós dois.

— Como vê — disse o brasileiro —, a Geraldina não liga de passear nua diante do senhor.

— E tem razão — disse. — Na minha idade, eu já vi tudo.

Geraldina soltou uma gargalhada: era um bando de pombas, intempestivo, explorando a beirada do muro. Mas também me contemplou com grande curiosidade, como se pela primeira vez me descobrisse no mundo. Não liguei. Um dia teria que me descobrir. Pareceu ruborizar-se, só um instante, e depois se desencantou, ou se tranquilizou, ou se compadeceu? Meu rosto de velho, futuro morto, minha santidade na velhice, a sossegaram. Ainda não percebia que todo meu nariz e meu espírito inteiro se dilatavam absorvendo as emanações do seu corpo, mistura de sabonete e suor e pele e osso recôndito. Estava com a laranja em suas mãos e a dividia. Por fim, levou um gomo à boca, lambeu-o por um segundo, engoliu-o com fruição; mordia-o, e as gotas luminosas escorriam pelo seu lábio.

— Não é adorável, nosso vizinho? — perguntou a ninguém o brasileiro.

Ela engoliu ar. Tinha o rosto estupefato, mas dono, no fim das contas, do mundo. Sorria ao sol.

— É — disse, lânguida. — É.

E ambos se afastaram um pouco, abraçados, para a beira da sombra, mas então, depois de um longo passo, ela parou, de modo que agora me observava com as pernas abertas, o sol convergindo em seu centro, e gritou — o canto de um pássaro raro:

— Obrigada pela laranja, senhor.

Não me chamou de vizinho.

Quando falou, ela já havia pressentido, na metade de um segundo, que eu não a indagava nos olhos. De repente, descobria que, como um torvelinho de água turva, repleto de sabe-se lá que forças — pensaria ela —, em seu íntimo, meus olhos, sofrendo, espiavam fugazmente para baixo, para o centro entreaberto, sua outra boca em posse de sua voz mais íntima: "Pois olhe para mim", gritava sua outra boca, e gritava apesar da minha velhice, ou, mais ainda, por causa da minha velhice, "olhe para mim, se você se atrever".

Sou velho, mas nem tanto para passar despercebido, pensei enquanto descia pela escada de mão. A minha mulher já me aguardava com os dois copos de limonada — seu cumprimento nosso pela manhã. Mas me examinava com certa tristeza altiva.

— Algum dia iam gozar de você, eu sabia — disse. — Aparecendo todas as manhãs, não sente vergonha?

— Não — disse. — De quê?

— De você mesmo, a esta altura da vida.

Bebemos a limonada em silêncio. Não falamos dos peixes, dos gatos, como em outras ocasiões, das laranjas, que, mais do que vender, damos. Não examinamos as flores, os novos brotos, não planejamos possíveis mudanças na horta, que é nossa vida. Fomos diretamente para a cozinha e tomamos o café da manhã ensimesmados; em todo caso, absolvia-nos do azedume o café preto, o ovo quente, as fatias de banana frita.

— Na realidade — me disse, por fim —, nem estou preocupada com você, porque já te conheço há quarenta anos. Muito menos com eles. Vocês não têm remédio. Mas as crianças? O que faz essa senhora nua, passeando na frente do seu filho, na frente da pobre Gracielita? O que vai ensinar a eles?

— As crianças não a veem — eu disse. — Passam perto dela como se realmente não a vissem. Sempre que ela fica nua, e ele canta, as crianças brincam do seu jeito. Simplesmente se acostumaram.

— Você está bem inteirado. Acho que deveria pedir ajuda. O padre Albornoz, por exemplo.

— Ajuda — me assustei. E pior: — O padre Albornoz.

— Não havia pensado bem nas tuas obsessões, mas me parece que, nesta idade, te prejudicam. O padre poderia te escutar e falar com você, melhor do que eu. Para mim, na verdade, você já não tem importância. Me importam mais os meus peixes e os meus gatos do que um velho que dá pena.

— O padre Albornoz — ri, estupefato. — Meu ex-aluno. A quem eu mesmo confessei.

E fui para a cama ler o jornal.

Assim como eu, a minha mulher é pedagoga, aposentada: a Secretaria de Educação nos deve os mesmos dez meses de aposentadoria. Ela foi professora de escola em San Vicente — lá nasceu e cresceu, um vilarejo a seis horas deste, que é o meu vilarejo. Eu a conheci em San Vicente, há quarenta anos, no terminal de ônibus, que então era um enorme galpão de folhas de zinco. Lá a vi rodeada de pacotes de frutas e encomendas de pão de milho, de cachorros, porcos e galinhas, entre a fumaça de motor e o perambular de passageiros que aguardavam sua viagem. Eu a vi sentada sozinha, num banco de ferro, com espaço para dois. Fiquei deslumbrado com seus olhos negros e sonhadores, sua ampla testa, a cintura fina, a anca grande atrás da saia rosada. A blusa clara, de linho, de mangas curtas, permitia admirar os braços brancos e finos e a aguda escuridão dos mamilos, que transpareciam. Fui e me sentei ao seu lado, como se levitasse, mas ela se levantou de imediato, fingiu ajeitar o cabelo, me olhou de soslaio, afastou-se e fingiu se entreter diante dos cartazes da empresa de viação. Então aconteceu algo que distraiu minha atenção de sua beleza rústica, inusitada; só um incidente semelhante pôde afastá-la dos meus olhos: no banco vizinho se achava um homem já velho, bastante gordo, vestido de branco; seu chapéu também era branco, bem como o lenço que aparecia pela lapela; comia um sorvete — igualmente branco — com ansiedade; a cor branca pôde mais do que o meu amor à primeira vista: branco demais, também o suor como uma espessa gota empapava seu pescoço bovino; todo ele trepidava, e isso apesar de se encontrar debaixo do ventilador; seu corpanzil ocupava todo o banco, estava refestelado, dono absoluto do mundo; usava, em ambas as mãos, um anel de prata; havia a seu lado uma pasta de couro, entupida de documentos; dava uma sensação de total inocência: seus olhos azuis vagavam distraídos por cada âmbito: doces e tranquilos, contemplaram-me uma vez e já não voltaram a me distinguir. E outro homem, reverso da medalha, jovem e magro até os ossos, sem sapatos, de camiseta, a calça curta desfiada, ia direto até ele, colocava a ponta de um revólver na sua testa e disparava. A fumaça que o cano exalou chegou a me envolver; era como um sonho para todos, inclusive para o gordo, que pestanejou e, no momento do disparo, parecia ainda querer desfrutar do sorvete. O do revólver disparou só uma vez; o gordo escorregou de lado, sem cair, os olhos fechados, como se de repente tivesse dormido, morto de maneira fulminante, mas sem deixar de apertar o sorvete; o assassino jogou a arma para longe — arma que ninguém pretendeu procurar e recolher — e saiu do terminal caminhando bem tranquilo, sem que ninguém o impedisse. Só que, segundos antes de jogar a arma, olhou para mim, o vizinho imediato do gordo: nunca antes na minha vida um olhar tão morto bateu em mim; foi como se alguém feito de pedra, talhado em pedra, me olhasse: seus olhos me obrigaram a pensar que ia disparar em mim até esgotar as balas. E foi quando descobri: o assassino não era um homem jovem; devia ser um menino de onze ou doze anos. Era um menino. Nunca soube se o seguiram ou se deram com ele, e jamais me decidi a averiguar; no final das contas, não foi tanto seu olhar o que me sobressaltou de náuseas: foi o medo físico de descobrir que era um menino. Um menino, e deve ser por isso que eu temi mais, com toda razão, mas também sem razão, que me matasse. Fugi de sua proximidade, procurei o banheiro do terminal, ainda não sabia se para urinar ou vomitar, enquanto se ouvia o grito unânime das pessoas. Vários homens rodeavam o cadáver, ninguém se decidia a sair em perseguição do assassino: ou todos nós tínhamos medo, ou ninguém parecia realmente se importar. Entrei no banheiro: era uma pequena sala com espelhos quebrados e opacos, e, ao fundo, o único banheiro como um caixote — também em lâminas de zinco, igual ao terminal. Fui e empurrei a porta e a vi justo no momento em que se sentava, o vestido arregaçado na cintura, as duas coxas tão pálidas como nuas apertando-se com terror. Eu lhe disse um "desculpe" angustiante e legítimo e fechei de imediato a porta com a velocidade justa, meditada, para olhá-la outra vez, a implacável redondeza das nádegas tentando explodir por entre a saia arregaçada, sua quase nudez, seus olhos — um misto de medo e surpresa e como que um gozo recôndito na luz das pupilas ao saber-se admirada; disso tenho certeza agora. E o destino: couberam-nos as cadeiras juntas no decrépito ônibus que nos levaria à capital. Uma longa viagem, de mais de dezoito horas, nos aguardava: o pretexto para nos escutarmos foi a morte do gordo de branco no terminal; sentia o roçar de seu braço no meu, mas também todo o seu medo, sua indignação, todo o coração de quem seria minha mulher. E a coincidência: ambos compartilhávamos a mesma profissão, quem poderia imaginar, não?, dois educadores; desculpe perguntar, mas como o senhor se chama? (silêncio), eu me chamo Ismael Pasos, e a senhora? (silêncio), ela só escutava, mas por fim: "Eu me chamo Otilia del Sagrario Aldana Ocampo". As mesmas esperanças. Logo o assassinato e o acidente do banheiro ficaram relegados — aparentemente, porque eu continuava repetindo-os, associando-os, de uma maneira quase que absurda, na minha memória: primeiro a morte, depois a nudez.

Hoje a minha mulher continua sendo dez anos mais jovem do que eu, tem sessenta, mas parece mais velha, lamenta-se e fica curva ao caminhar. Não é a mesma moça de vinte, sentada no vaso de um banheiro público, os olhos como faróis em cima da ilha arregaçada, a junção das pernas, o triângulo do sexo — animal inenarrável, não? É agora a indiferença velha e feliz, indo de um lado para outro, no meio de seu país e de sua guerra, ocupada com sua casa, as rachaduras nas paredes, as possíveis goteiras no teto, embora explodam em seu ouvido os gritos da guerra, é como todos, na hora da verdade, e me alegra sua alegria, e, se hoje me amasse tanto como aos seus peixes e aos seus gatos, talvez eu não estivesse encarapitado no muro.

Talvez.

— Desde que eu te conheço — ela me disse esta noite, na hora de dormir —, você nunca deixou de espiar as mulheres. Eu teria te abandonado na mesma hora, há quarenta anos, se percebesse que as coisas passavam dos limites. Mas já se vê: não.

Escuto seu suspiro: acho que o vejo, é um vapor elevando-se no meio da cama, cobrindo-nos:

— Você era e é apenas um cândido espião inofensivo.

Agora eu suspiro. É resignação? Não sei. E fecho meus olhos com força; e, no entanto, eu a escuto:

— No começo era difícil, era um sofrimento saber que além de espionar, você passava os dias da sua vida ensinando a ler os meninos e as meninas da escola. Quem ia imaginar, não é mesmo? Mas eu vigiava, e repito que isso foi só no começo, pois comprovei que você, na realidade, nunca fez nada de grave, nada de mau nem de pecaminoso de que pudéssemos nos arrepender. Pelo menos assim acreditei, ou quero acreditar, meus Deus.

O silêncio também se vê, como o suspiro. É amarelo, desliza pelos poros da pele feito névoa, sobe pela janela.

— Esse seu *hobby*, ao qual logo me acostumei, me entristecia — diz, como se sorrisse —: esqueci dele durante anos. E por que esqueci? Porque antes você tomava cuidado para que não te descobrissem; eu era a única testemunha. Bom, lembra quando moramos naquele edifício vermelho, em Bogotá? Você espiava a vizinha do outro edifício, de noite e de dia, até que o marido dela ficou sabendo, lembra? Atirou em você lá do outro quarto, e você mesmo me disse que a bala te despenteou. Que tal se tivesse te matado, esse homem de honra?

— Não teríamos uma filha — respondo. E me arrisco, por fim, a ceder: — Acho que vou dormir.

— Hoje você não vai dormir, Ismael; há muitos anos que você vem dormindo sempre que eu quero falar. Hoje você não vai me ignorar.

— Não.

— Estou falando para você ser discreto, pelo menos. Tenho que chamar sua atenção, por mais velho que você seja. O que acaba de acontecer te denigre, e me denigre. Eu escutei tudo; não sou surda, como você pensa.

— Você também é uma espiã, à sua maneira.

— Sou. Uma espiã do espião. Você não é discreto como antes. Eu te vi na rua. Só falta, Ismael, você babar. Dou graças aos céus que a nossa filha, nossos netos, morem longe e não te vejam nessas situações. Que vergonha com o brasileiro, com a sua mulher. Que eles façam o que quiserem, está bem, cada um é dono de sua carne e de sua podridão; mas que te surpreendam empoleirado feito um doente os espiando é uma vergonha que também é minha. Jura para mim que você não vai mais se empoleirar.

— E as laranjas? Quem vai colher as laranjas?

— Já pensei nisso. Mas você, nem em sonho.

TODO DIA 9 DE MARÇO, já faz quatro anos, visitamos Hortensia Galindo. É nessa data que muitos de nós, seus amigos, a ajudamos a suportar o desaparecimento do seu esposo, Marcos Saldarriaga, que ninguém sabe se Deus o tem em sua glória, ou sua Gloria o tem em Deus — como começaram a brincar as más-línguas, referindo-se a Gloria Dorado, amante pública do Saldarriaga.

A visita é feita ao entardecer. Pergunta-se por sua sorte, e a resposta é sempre igual: "nada se sabe". Lá na sua casa se reúnem seus amigos, os conhecidos e os desconhecidos; bebe-se rum. No comprido pátio de cimento, onde abundam as redes e as cadeiras de balanço, uma multidão de jovens aproveita a ocasião, inclusive os filhos do Saldarriaga, os gêmeos. No interior da casa, nós, os velhos, ficamos ao redor de Hortensia e a escutamos. Não chora como antes; seria possível dizer que já se resignou, ou quem sabe; não parece uma viúva: diz que seu marido continua vivo e que Deus o ajudará a voltar para junto dos seus; ela deve andar pelos quarenta, embora aparente menos idade: é jovem de espírito e semblante, pródiga em carnes, mais que exuberante, agradece que a acompanhem na data comemorativa do desaparecimento de seu marido, e agradece de um jeito incomum: ao dizer "graças a Deus" roça ela mesma seus peitos — duas melancias de uma redondeza descomunal — com suas mãos abertas e tremendo, um gesto do qual não sei se sou a única testemunha, mas que ela reitera a cada ano, ou pretende apenas apontar seu coração?, quem pode saber? Inclusive, de dois anos para cá, na sua casa se coloca música e, queira ou não Deus, como que as pessoas se esquecem da terrível sorte que é qualquer desaparecimento, e até da possível morte daquele que desapareceu. É que as pessoas se esquecem de tudo, senhor, e em especial os jovens, que não têm memória sequer para lembrar o dia de hoje; por isso são quase felizes.

Porque da última vez se dançou.

— Deixa que eles dancem — disse Hortensia Galindo, saindo para o pátio iluminado da casa, onde os jovens já renovavam seus pares, animados. — O Marcos vai gostar. Sempre foi, e é, um homem alegre. Tenho certeza de que a melhor festa vai acontecer na sua volta.

Isso ocorreu no ano passado, e o padre Albornoz se retirou, sumamente contrariado com semelhante decisão:

— De modo que pode estar vivo, ou morto — disse —, dá na mesma, é preciso dançar.

E saiu da casa. Não conseguiu, ou não quis escutar a resposta de Hortensia Galindo:

— Se estiver morto, também: ele me conquistou dançando, ora essa.

Hoje não sabemos se depois do acontecido o padre Albornoz vai querer visitar Hortensia Galindo. Talvez não. Minha mulher e eu nos perguntamos isso enquanto atravessamos o vilarejo. Nossa casa fica no extremo oposto da de Hortensia, e ambos, de braços dados, nos animamos mutuamente a caminhar, ou melhor, ela me anima; o único exercício ao qual estou acostumado é o de subir a escada de mão, completamente recostado, como numa cama quase vertical, e colher as laranjas que as árvores do pomar me entregam; é um exercício que entretém, sem pressa, que me abre campo nas horas da manhã — por tudo o que há para olhar.

Caminhar se transformou para mim, ultimamente, num suplício: meu joelho esquerdo dói, os pés incham; mas não resmungo na frente dos outros, como a minha mulher, que sofre de varizes. Tampouco quero usar uma bengala; não vou ao médico Orduz porque tenho certeza de que me receitaria uma bengala, e eu, desde que era criança, associei esse artefato com a morte: o primeiro morto que vi, quando criança, foi meu avô, recostado contra o abacateiro da sua casa, a cabeça inclinada, o chapéu de palha cobrindo a metade do seu rosto, e uma bengala de pau-santo entre os joelhos, as tesas mãos prendendo a empunhadura. Pensei que estava dormindo, mas de repente escutei a minha avó chorar: "Então afinal você morreu e me deixou; me diz, o que eu devo fazer agora: morrer?".

— Escuta — digo para a Otilia —, quero pensar em ontem à noite. Você me envergonhou de falar que eu fico olhando para os outros; como é essa história de que eu babo quando caminho pelas ruas?, não, não responda. Prefiro ficar sozinho por uns minutos. Vou tomar café lá no Chepe e já te alcanço.

Ela detém seu passo e fica me olhando boquiaberta.

— Você está se sentindo bem?

— Nunca me senti melhor. Só que ainda não quero chegar lá na Hortensia. Já, já eu vou.

— É bom que você aprenda a lição — diz —, mas não é para tanto.

Justo do nosso lado, na ponta da rua, fica o café do Chepe. São cinco da tarde, e as mesas — as localizadas perto do degrau — ainda não foram ocupadas por ninguém. Dirijo-me para uma dessas mesas. Minha mulher continua parada: é um vestido branco de flores vermelhas em pleno centro da rua.

— Eu te espero lá — diz. — Não demore. Não é de bom-tom que um casal faça a visita separado.

E segue seu caminho.

Eu me aferro à cadeira mais próxima do corredor, deixo-me cair. Meu joelho ferve por dentro. "Ah, Deus", suspiro para mim mesmo, "continuo aqui simplesmente porque não fui capaz de me matar."

— Que música quer ouvir, professor?

Chepe saiu do interior da sua venda e me traz uma cerveja.

— A música que você preferir, Chepe, e não quero cerveja, me traz um café bem preto, por favor.

— Por que essa cara, professor? Acha chato visitar a Hortensia? Lá se come bem, não?

— Cansado, Chepe, cansado só de caminhar. Prometi alcançar a Otilia em dez minutos.

— Bom, vou lhe trazer um café tão preto que não vai poder dormir.

Mas coloca a cerveja na mesa.

— Cortesia da casa.

Apesar do frescor da tarde, a outra dor, lá dentro, teima em queimar meu joelho: todo o calor da terra parece se refugiar ali. Bebo a metade da cerveja, mas o fogo no joelho se tornou tão intolerável que, depois de comprovar que Chepe não me observa do balcão, arregaço a barra da calça e jogo a outra metade no joelho. Nem assim o ardor desaparece. "Vou ter que visitar o Orduz", acho que digo para mim mesmo, com resignação.

Começa a anoitecer; as luzes da rua se acendem: amarelas e débeis, produzem grandes sombras ao redor, como se, em vez de iluminar, escurecessem. Não sei há quanto tempo uma mesa vizinha à minha foi ocupada por duas senhoras; duas aves tagarelas das quais me lembrarei; duas senhoras que foram minhas alunas. E veem que as vejo. "Professor", diz uma delas. Respondo a seu cumprimento inclinando a cabeça. "Professor", repete. Reconheço-a e vou lembrar: foi ela? Quando criança, no primário, atrás dos cacaueiros empoeirados da escola, eu a vi repuxar, ela mesma, sua saia de colegial até a cintura e se mostrar dividida pela metade a outro menino que a divisava, a meio passo de distância, talvez mais assustado do que ela, ambos corados e estupefatos; eu não lhes disse nada; como interrompê-los? Eu me pergunto o que Otilia teria feito no meu lugar.

São velhas, mas bem menos do que Otilia; foram minhas alunas, repito para mim, ainda ostento memória, distingo-as: Rosita Viterbo, Ana Cuenco. Hoje cada uma tem mais de cinco filhos, pelo menos. O menino que se emocionava diante do encanto da Rosita, de saia voluntariamente repuxada, não era o Emilio Forero? Sempre solitário, não tinha ainda vinte anos quando o matou, na esquina, uma bala perdida, sem que se soubesse quem, de onde, como. Elas me cumprimentam com carinho. "Que calor fez hoje ao meio-dia, não é mesmo, professor?" Não aceito, no entanto, o seu aparente pedido de conversa; me faço de desentendido; que pensem que estou senil. A beleza pesa deslumbra: nunca pude evitar afastar os olhos dos olhos da beleza que olha, mas a mulher madura, como essas que esfregam as mãos enquanto falam, ou as mulheres cheias de velhice, ou as muito mais velhas do que as cheias de velhice, costumam ser só boas ou grandes amigas, fiéis confidentes, sábias conselheiras. Não me inspiram compaixão (como tampouco eu inspiro), nem amor (como tampouco eu inspiro). O jovem e desconhecido sempre é mais atraente.

Estou pensando nisto — como uma invocação — quando escuto que me dizem "senhor", e a meu lado sulca a rajada almiscarada da esbelta Geraldina, acompanhada de seu filho e de Gracielita. Sentam-se à mesa das minhas alunas; Geraldina pede suco de *curuba*[1] para todos, cumprimenta as senhoras, efusiva, interroga-as, elas replicam que sim, também vamos à casa da Hortensia, e estamos aqui — acrescenta Ana Cuenco — porque veja que boas costas tem o professor, assim que o vimos tivemos vontade de acompanhá-lo no descanso.

— Obrigado pelas boas costas — digo. — Então, quando eu morrer, vocês também me acompanharão?

Uma gargalhada unânime e canora me rodeia: mais do que feminina, desliza pelos ares, atravessa a noite; em que bosque estou, com passarinhos?

— Não seja pessimista, senhor — fala Geraldina, e tudo parece indicar que nunca mais me chamará de vizinho —; talvez a gente morra primeiro.

---

1. Fruta muito cultivada nos países andinos, bem parecida com o maracujá. (N. T.)

— Isso jamais. Deus não cometeria semelhante engano.

As senhoras assentem com a cabeça, sorriem solenes, agradecidas, Geraldina abre a boca, como se quisesse dizer algo e se arrependesse.

Chepe chega e reparte os sucos de *curuba*; ele me deixa a xícara de café fumegante. Geraldina suspira tumultuosa — como se gozasse na plenitude do amor — e pede um cinzeiro. É um milagre essa presença; é uma poção; Geraldina é um remédio: já não sinto nenhuma queimação no joelho, o cansaço dos pés desaparece, poderia correr.

Eu a espreito daqui: sem apoiar as costas na cadeira, os joelhos juntos, mas as panturrilhas separadas, livra-se lentíssima das sandálias, sacode-as do pó com rara delicadeza, inclina seu corpo ainda mais: descobre seu pescoço como uma espiga; as crianças recebem, voluptuosas, o suco de *curuba*, seus lábios sorvem, ruidosos, com sede, enquanto a noite fulgura ao redor e eu levanto a minha xícara e finjo que estou bebendo o café: Geraldina, nua na manhã anterior, esta noite apresenta-se vestida: um vaporoso vestidinho lilás a desnuda de outra maneira, ou a desnuda mais, se se preferir; ela me redime vestida ou com sua nudez, se está nua sua outra nudez, o último entremeado de seu sexo, quem dera sua dobra mais recôndita ao abrir-se ao caminhar, toda a dança nas costas, o coração batendo solene em seu peito, a alma nas nádegas que transpiram, não peço outra coisa à vida senão esta possibilidade, ver esta mulher sem que saiba que estou olhando para ela, ver esta mulher quando saiba que estou olhando para ela, mas vê-la, minha única explicação para continuar vivo: recosta seu corpo no espaldar, sobe uma perna em cima da outra e acende um cigarro; só ela e eu sabemos que eu a olho, e enquanto isso minhas antigas alunas não deixam de tagarelar; o que dizem?, impossível escutar, as crianças acabam o suco de *curuba*, pedem permissão para pedir outro suco e desaparecem de mãos dadas na venda, sei que não gostariam jamais de voltar, que, se dependesse delas, fugiriam de mãos dadas até a última noite dos tempos, agora Geraldina descruza outra vez as pernas, inclina-se na minha direção, imperceptível, me examina, só por um segundo, seus olhos, como um aviso velado, me tocam e comprovam definitivamente que continuo a olhar para ela, talvez se assuste com a franqueza de semelhante desproporção, tal disparate, que alguém, eu, nessa idade, mas o que fazer?, toda ela é o mais íntimo desejo para que eu a olhe, a admire, do mesmo modo como olham para ela, admiram-na os demais, os muito mais jovens do que eu, os mais meninos — sim, ela grita, e eu a escuto, deseja que a olhem, a admirem, a persigam, a agarrem, a derrubem, a mordam e a lambam, a matem, a revivam e a matem por gerações.

Escuto de novo a voz das senhoras. Geraldina abriu a boca e dá um gritinho de sincero espanto. Por um instante separa os joelhos, que resplandecem de amarelo à luz das lâmpadas; aparecem as coxas mal cobertas por seu escasso vestido de verão. Eu acabo com a última gota de café: distingo, sem conseguir dissimular, no mais fundo de Geraldina, o pequeno triângulo avultado, mas o deslumbramento é maltratado pelos meus ouvidos que se esforçam por confirmar as palavras das minhas antigas alunas, do horror, clamam, que foi a descoberta do cadáver de uma recém-nascida esta manhã, no lixão, é verdade o que estão dizendo?, sim, repetem:

"Mataram uma recém-nascida" e se benzem: "Esquartejada. Não existe Deus". Geraldina morde os lábios: "Melhor se a tivessem deixado na porta da igreja, viva", queixa-se, que voz belamente cândida, e pergunta aos céus: "Por que matá-la?". Assim falam e, de repente, uma das alunas (Rosita Viterbo?), que nunca percebi que estivesse me olhando olhar para Geraldina (certamente porque a minha mulher tem razão e já não consigo a discrição de outros anos estarei babando?, "Deus", grito por dentro: a Rosita Viterbo me viu padecer as duas coxas abertas mostrando, lá dentro, o infinito), a Rosita acaricia sua face com um dedo e se dirige a mim com relativa ironia e me diz:

— E o senhor, o que acha, professor?

— Não é a primeira vez — consigo dizer —, nem neste vilarejo, nem no país.

— Claro que não — diz Rosita. — Nem no mundo. Isso nós já sabemos.

— Muitas crianças, que eu me lembre, foram mortas, depois de nascer, por suas mães; e alegaram sempre a mesma coisa: que foi para impedir-lhes o sofrimento do mundo.

— Que horrível isso que o senhor está dizendo, professor — rebela-se Ana Cuenco. — Que infame, e me perdoe. Isso não explica, não justifica nenhuma morte de nenhuma criança que acabou de nascer.

— Eu nunca disse que justifica — me defendo, e vejo que Geraldina juntou de novo seus joelhos, apaga um cigarro no chão de terra, ignorando o cinzeiro, passa as duas compridas mãos pelo cabelo, que hoje está preso num rabo de cavalo, suspira sem forças, certamente espantada com a conversa, ou farta?

— Que dor de mundo — diz.

As crianças, suas crianças, juntam-se a ela, uma de cada lado, como se a protegessem, sem saber exatamente de quê. Geraldina paga para Chepe e se levanta aflita, como que sob um peso enorme — "a inexplicável consciência de um país inexplicável", digo para mim mesmo, uma carga de pouco menos de duzentos anos que não lhe impede, no entanto, esticar todo seu corpo, empinar os peitos atrás do vestido, esboçar um sorriso incerto, como se lambesse os lábios:

— Mas vamos para a casa da Hortensia — pede com um queixume —, que já é noite.

E a Rosita Viterbo, a antiga aluna, me observa de certa maneira distraída:

— O senhor não vem, professor?

— Irei mais tarde — digo.

Não fui, definitivamente, visitar Hortensia Galindo este ano.

Eu me despedi de Chepe e dobrei por outra esquina, caminho da casa de Mauricio Rey. Confundi as ruas e desemboco na periferia do vilarejo, cada vez mais escuro, salpicado de imundícies e lixo — antigas e recentes —, espécie de barranco onde apareço: deve fazer uns trinta anos que eu não vinha aqui. O que é, o que está brilhando lá embaixo, feito uma faixa prateada? O rio. Antes, podia fazer um verão todo dos infernos, e era uma torrente. Neste vilarejo entre montanhas não há um mar, havia um rio. Hoje, ressequido por qualquer pálido verão, é um fiapo que serpenteia. Os tempos eram outros quando, nas curvas mais abundantes de suas águas, em pleno verão, não só íamos pescar: imersas e nuas até o pescoço, as moças sorriam, segredavam e se deixavam flutuar na água transparente — que não deixava de mostrá-las, esfumadas. Mas depois brotavam mais reais e furtivas, na ponta dos pés, olhando para um e outro lado, estranhas aves dando longos saltos empinados enquanto se secavam e se vestiam velozes, esquadrinhando de vez em quando entre as árvores. Logo se tranquilizavam ao acreditar que o mundo ao redor dormia: só o canto de uma coruja, o canto do meu peito no alto de uma laranjeira, o coração do vilarejo adolescente vendo-as. Porque havia árvores para todos.

Não há lua em lugar nenhum, de vez em quando uma lâmpada, não há uma sombra viva nas ruas, o encontro na casa de Hortensia Galindo é todo um acontecimento, como se a guerra aportasse na praça, na escola, na igreja, na sua porta, quando o vilarejo inteiro se esconde.

Para chegar à casa de Rey tive que voltar para a venda de Chepe e, dali, reiniciar o caminho — como se reiniciasse o passado. Tenho que me lembrar: a casa era a última na ponta de uma rua sem pavimentação, perto de uma fábrica de violões abandonada: depois seguia o barranco. A moça sonolenta que me abre a porta me diz que Mauricio está doente e de cama, que não pode atender ninguém.

— Quem é? — escuta-se lá de dentro a voz de Mauricio Rey.

— Sou eu.

— Professor, que milagre, vai chover. O senhor conhece o caminho.

Essa moça é filha de quem? Parece que a vejo e não a vejo.

— Você é filha de quem?

— Da Sultana.

— Eu conheço a Sultana. Era um pouco travessa, mas estudava. Você me conhece?

— O senhor é o professor.

— Professor Pasos, dizíamos — grita Rey, do seu quarto —, por que não tropeça?

É o mais antigo dos meus alunos, e um dos poucos amigos hoje. Ali, em sua cama, barbado sessentão, à luz amarela da lâmpada, ri mais desdentado do que eu: não está com sua ponte; não lhe dá pena, com esta moça? Já faz quatro anos, ele me disse uma vez, quando acontece a comemoração e sua mulher — sua segunda mulher, porque é viúvo — comparece para se condoer pelo desaparecimento do Saldarriaga, ele se faz de doente e fica em casa e faz com a moça que lhe coube o que durante um ano não pôde fazer.

— E quais são as notícias? — pergunta. — Eu pensava que o senhor estava na festa, professor.

— Qual festa, por favor.

— A celebração, por causa do Saldarriaga.

— Celebração?

— Celebração, professor, e me desculpe, mas esse Saldarriaga era, ou é, se estiver vivo, um triplo filho da puta.

— Eu não vim falar disso.

— De que então, professor, não vê que eu tenho urgência?

A verdade é que nem eu mesmo sei por que vim; o que vou inventar? É esta moça? Vim até aqui para conhecer esta moça com o cabelo recém-terminado de desarrumar?

— Meu joelho está doendo — ocorre-me dizer a Rey.

— É a velhice, professor — grita com um estampido —; o que o senhor pensou, que era imortal?

Descubro que está bêbado. Ao seu lado, no chão, jazem, esparramadas, duas garrafas de aguardente.

— Pensei que você só se dedicasse a ficar doente — digo a ele, apontando para as garrafas.

Ele ri e me oferece um copo, que recuso.

— Vá embora, professor.

— Você está me expulsando?

— Vai lá na casa do mestre Claudino e me conta. Ele vai curar o seu joelho.

— Ainda está vivo?

— Cumprimente-o de minha parte, professor.

A moça me acompanha até a porta: serena em sua incipiente luxúria, faustosa de inocência, desabotoa a blusa enquanto isso, para ganhar tempo.

Eu era um menino ainda quando conheci Claudino Alfaro. Está vivo, então. Se eu estou com setenta, ele deve andar pelos cem, ou quase, por que me esqueci dele?, por que ele se esqueceu de mim? Em vez de me confiar ao médico Orduz, Mauricio Rey me lembrou do mestre Alfaro, que eu dava por mais do que morto, pois nem sequer me lembrava dele, por onde andei esses anos? Eu mesmo respondo: no muro, empoleirado.

E saio do vilarejo, um incauto sob a noite, a caminho da cabana do mestre Alfaro, curandeiro. Além do mais, a dor no joelho me atiça outra vez.

Está vivo, de modo que está vivo, como eu, digo para mim mesmo, enquanto me afasto pela estrada. As últimas luzes do vilarejo desaparecem com a primeira curva, a noite se faz maior, sem estrelas. Continuará vivendo enquanto cura: coloca seus pacientes para urinar numa garrafa, depois agita a garrafa e lê, na contraluz, as doenças; endireita músculos, cola ossos. "Vive como eu acredito que vivo", digo para mim mesmo, e subo pela montanha do Chuzo, seguindo o caminho de ferradura. Devo ter parado para descansar em várias ocasiões. Na última delas, me dou por vencido e decido voltar; logo descubro que tenho que arrastar a perna para avançar. "Este passeio foi um erro", digo para mim mesmo, mas marcho ladeira acima, pedra por pedra. Numa curva do caminho, já metido na invisível selva da montanha, me rendo e procuro onde repousar. Não há lua, a noite segue fechada; não vejo nada a um metro de mim, embora saiba que estou na metade do caminho: a cabana do mestre fica atrás da montanha, não no cume, que hoje eu não alcançaria nunca, e sim beirando a metade de sua altura. Por fim, encontro uma saliência de terra e ali me sento. Em cima do joelho, o inchaço ficou do tamanho de uma laranja. Estou empapado de suor, como se tivesse chovido; não há vento e, no entanto, escuto que alguma coisa ou alguém pisa e trinca as folhas, galhos secos. Fico paralisado. Trato de adivinhar entre a mancha dos arbustos. O ruído se aproxima, e se for um ataque? Pode ser que a guerrilha ou os paramilitares tenham decidido tomar o vilarejo esta noite, por que não? O próprio capitão Berrío deve estar na casa de Hortensia, principal convidado. Os ruídos param por um instante. A expectativa me faz esquecer a dor no joelho. Estou longe do vilarejo, ninguém me ouve. O mais provável é que atirem e, depois, quando eu já estiver morrendo, venham me ver e perguntar quem sou — se ainda estiver vivo. Mas também podem ser os soldados, treinando de noite, digo para mim mesmo, para me tranquilizar. "Dá na mesma", grito, "atiram do mesmo jeito." E, nisso, com um estalido de folhas e galhos que se partem, percebo que alguma coisa, ou alguém, atira-se em cima de mim. Grito. Estico os braços, as mãos abertas, para afastar o ataque, o golpe, a bala, o fantasma, o que seja. Sei que de nada servirá meu gesto de vencido, e penso em Otilia: "Esta noite você não vai me encontrar na cama". Não sei desde quando fechei os olhos. Alguma coisa toca nos meus sapatos, fareja. O enorme cachorro coloca suas patas na minha cintura, se estira, e agora me lambe a cara como um cumprimento. "É um cachorro", digo para mim mesmo em voz alta, "é só um cachorro, graças a Deus", e não sei se estou a ponto de rir ou de chorar: ainda amo a vida.

— Quem é? Quem está aí?
A voz igual: um vento rouco, alongado:
— Quem é?
— Sou eu. Ismael.
— Ismael Pasos? Então você não morreu?
— Acho que não.
De modo que ambos pensávamos a mesma coisa: que estávamos mortos.

Só posso vê-lo quando está a um passo de mim. Usa uma espécie de lençol em volta da cintura; ainda tem o cabelo como se fosse tiras de algodão; posso entrever o brilho dos seus olhos na noite; me pergunto se distinguirá os meus, ou se só os dele brilham na noite fechada. O medo incompreensível que o menino me causou volta outra vez, efêmero, mas medo afinal de contas; eu me ergo e sinto a mão dele no meu braço, de arame, tão fina como férrea. Ele me segura.

— O que está acontecendo? — diz. — Você está sentindo dor na perna?
— O joelho.
— Vamos ver.
Agora seus dedos de arame roçam meu joelho:
— Tinha que acontecer isso para que viesse me ver, Ismael. Mais um dia e você não poderia caminhar. Agora o joelho vai ter que desinchar primeiro. Vamos subir.

Quer me ajudar a subir. Sinto vergonha. Ele deve estar pela casa dos cem anos.

— Ainda posso sozinho.

— Sobe, vamos ver.

O cachorro vai na nossa frente; eu o escuto correr, ladeira acima, enquanto arrasto a perna.

— Pensei que iam me matar — digo-lhe. — Pensei que era a guerra em cima de mim.

— Você pensou que tinha chegado sua hora.

— Pensei. Pensei: estou morto.

— Pensei isso há quatro anos.

Sua voz se afasta, como sua história:

— Estava na rede, tirando as alpargatas, já era tarde, e apareceram: "Venha com a gente", me disseram. Eu disse a eles que não me importava, que quando quisessem, que só pedia *aguadepanela*[2] pelas manhãs, "Não resmungue", me disseram, "nós lhe damos ou não lhe damos, de acordo com a nossa vontade". Foi uma caminhada brutal; na maior correria: os soldados já os cercavam. "E este, quem é, por que o levamos?", dizia um deles. Nenhum me conhece, pensei, e tampouco eu os conhecia, jamais os vi na minha vida; tinham sotaque caipira; eram jovens e subiam; eu seguia seus passos, como não. Quiseram se livrar do meu cachorro, que nos rondava. "Não atirem", eu lhes disse, "ele me obedece. Tony, volta",

---

2. Bebida tipicamente colombiana, feita a partir de um alimento básico chamado *panela*, que, por sua vez, é elaborado a partir da cana-de-açúcar. (N. T.)

pedi mais do que ordenei, e apontei o caminho da cabana, e este bendito Tony obedeceu, para sua sorte.

— Este mesmo cachorro?

— Este.

— Um cachorro obediente.

— Isso foi há quatro anos, no mesmo dia que levaram o Marcos Saldarriaga.

— Quem ia imaginar, no mesmo dia? Ninguém me contou isso.

— Porque eu não contei para ninguém, para não me meter em problemas.

— Claro.

— Depois de caminhar a noite toda, quando já clareava, paramos nesse lugar chamado Las Tres Cruces.

— Levaram você até lá?

— E lá eu vi, bem sentado na terra, o Marcos Saldarriaga. Ele sim eles continuaram levando, a mim não.

— E ele, como se encontrava, o que disse?

— Nem sequer me reconheceu.

A voz do mestre Alfaro se compadece:

— Chorava. Lembre-se de que é, ou era, bastante gordo, o dobro de sua mulher. Já não podia com sua casca. Andavam procurando uma mula para ele, para transportá-lo. Havia também uma mulher: Carmina Lucero, a padeira, lembra dela?, a de San Vicente, do vilarejo da Otilia. A Otilia deve conhecê-la; como vai a Otilia?

— Igual.

— Isso quer dizer que continua bem. A última vez que eu a vi foi no mercado. Estava comprando alho-poró. Como ela prepara?

— Eu não me lembro.

— Levaram também a padeira, coitada.

— A Carmina?

— Carmina Lucero. Alguém me contou que ela morreu no cativeiro, depois de dois anos. Eu não sabia ainda quem eles eram, se guerrilheiros ou paras. Nem perguntei. O que mandava neles deu uma bronca nos rapazes. Disse para eles: "Seus idiotas, pra que foram trazer este velho? Puta merda, quem é ele?". "Dizem que é curandeiro", respondeu um deles. Então me conhecem sim, pensei. "Curandeiro?", gritou o que mandava, "o que ele quer é um médico." Ele?, pensei eu, quem é ele? Devia ser alguém que mandava no que mandava, pensei. Mas nisso ouvi que o que mandava dizia para eles: Larguem este velho. E quando disse larguem este velho um rapaz colocou a boca do fuzil na minha nuca. Então senti o mesmo que você há pouco, Ismael.

— Que estou morto.

— Juro por Deus que ainda me sobraram forças para agradecer que não pusessem um machado na minha nuca no lugar desse fuzil. Quantos não retalharam sem que depois sejam encontrados com um tiro de misericórdia, pelo menos?

— Quase todos.

— Todos, Ismael.

— Deve ser mais reconfortante morrer de um tiro do que de machado; como foi que não o mataram?

— O que mandava falou para o rapaz: "Não te disse para matá-lo, seu panaca", disse isso, graças a Deus. "Está tão velho que nos economiza uma bala, ou o esforço", disse, "que vá embora." "Em todo caso", respondi, e ainda não sei por que me ocorreu abrir a boca, "se eu puder ajudar em alguma coisa, não terei caminhado à toa. Quem é preciso curar?" "Ninguém, velho. Vá embora." E me expulsaram. Eu já estava começando a me orientar para voltar quando ordenaram de novo que retornasse. Agora os rapazes me levaram onde estava o doente, o verdadeiro mandachuva. Estava um pouco longe, enfiado numa tenda de campanha, deitado. Uma moça, em traje militar, ajoelhada, cortava as unhas dos pés dele. "Então", me disse o chefe ao me ver chegar, "você é o curandeiro?" "Sim, senhor." "E como é que cura?" "Mande trazer uma garrafa vazia e urine nela. Ali verei." O chefe soltou uma gargalhada. Mas ficou sério na mesma hora. "Levem esse esqueleto embora", gritou, "se justamente o que eu não posso é urinar, caralho." Eu quis propor outro remédio, já a par do que estava acontecendo, mas o homem fez um gesto com a mão e a mesma moça que cortava suas unhas me tirou da tenda a coronhadas.

— E apontaram para você outra vez?

— Não — a voz do mestre se fez amarga. — Esse chefe perdeu a oportunidade de que eu o ajudasse.

— E o que aconteceu com o Marcos Saldarriaga?

— Ficou ali, chorando, um homem tão orgulhoso. Dava pena. Só vendo, nem sequer a padeira chorava.

Eu paro. Gostaria de arrancar a perna, gostaria de arrancar esta dor.

— Sobe, sobe, Ismael — me disse o mestre, rindo —, estamos quase chegando.

Finalmente a cabana apareceu numa curva do caminho, à luz de uma vela que tremulava na única janela, justo quando eu já ia desmoronar na terra, dormir, morrer, esquecer-me, o que fosse, contanto que não sentisse o joelho. Ele me fez deitar na rede e se meteu na cozinha. Eu o via. Pôs para ferver umas raízes no fogão à lenha. Toquei a minha cara: pensei que suava por causa do calor. Não era o calor. Nessa altura, de noite, na montanha — uma das mais altas da cordilheira —, faz frio. Tinha febre. O cachorro não deixou que eu dormisse, lambia o suor das minhas mãos, punha sua pata no meu peito, eu via seus olhos ao redor como duas chamas que faiscavam. O mestre colocou um emplasto no meu joelho e o ajustou com um pano.

— Agora teremos que esperar — disse —, uma hora pelo menos. A Otilia sabe que você subiu?

— Não.

— Ai, ela vai te dar uma bronca, Ismael.

E me deu para beber uma cabaça de pinga.

— Está forte — disse —, prefiro um café.

— De jeito nenhum. Você vai ser obrigado a beber, para que sua alma durma e não sinta.

— Vou me embebedar.

— Não. Só vai dormir acordado, mas você vai ter que beber de um gole só, não aos pouquinhos.

Bebi a pinga com fé. Não sei quanto tempo se passou, nem quando a dor desapareceu, assim como o inchaço. O mestre Claudino olhava a noite, de cócoras. De uma das paredes, pendia seu velho *tiple*.[3] O cachorro encontrava-se adormecido, enroscado aos seus pés.

— Já não dói — disse —, já posso ir embora daqui.

— Não, Ismael. Falta o melhor.

---

3. Instrumento colombiano de cordas, pequeno e de tons agudos. (N. T.)

E trouxe um banquinho para o lado da rede e ali me fez acomodar a perna, estirada. Depois montou na minha perna, mas sem se apoiar nela, só aprisionando-a entre os seus joelhos.

— Se quiser, morda um pedaço da sua camisa, Ismael, para que não se escute o seu grito — e eu senti um calafrio ao lembrar das suas curas, que presenciei alguma vez, mas nunca experimentei na própria carne: pescoços, tornozelos, dedos, cotovelos deslocados, costas deslocadas, pernas quebradas, e lembrei da força dos gritos dos pacientes, que parecia derrubar as paredes. Mal mordi a manga da minha camisa, os dedos de arame já pousavam como bicos de pássaro em cima do meu joelho, percorriam-no, no tato, reconheciam-no e, de repente, apertaram-se, agarraram o osso ou os ossos e eu não soube quando nem como abriram e fecharam o joelho como se unissem as partes desse quebra-cabeça de ossos e cartilagens que era o meu joelho, que sou eu, "pior do que o dentista", consegui pensar, e mordi a camisa e ainda assim meu grito foi ouvido.

— Pronto — disse.

Eu o olhava aturdido, a febre tremendo.

— Tenho que tomar outra pinga.

— Não.

A dor havia desaparecido, não existia dor alguma. Com muito tato comecei a descer da rede, e, ainda sem acreditar, apoiei a perna na terra. Nada. Nenhuma dor. Caminhei, daqui para lá, de lá para cá.

— É um milagre — falei.

— Não. Sou eu.

Tive vontade de trotar, feito o potrinho que, por fim, se levanta.

— Tome cuidado ainda, Ismael. Você tem que deixá-la descansar três dias, e que os ossos colem. Procure descer devagarzinho, não abuse.

— Quanto eu lhe devo, mestre — e, de novo, não sabia se ia chorar ou rir.

— Traga uma galinha quando você estiver bem curado. Faz tempo que eu não provo um *sancocho*,[4] que não falo com um amigo.

Fui embora descendo pausadamente pelo caminho de ferradura. Nenhuma dor. Virei para olhar: mestre Claudino e seu cachorro me contemplavam, imóveis. Eu lhes dei adeus com a mão e continuei.

---

4. É um dos pratos mais populares da Colômbia. Trata-se de um caldo espesso ou sopa, à base de batata, banana e inhame, ao qual se acrescenta alguma carne. (N. T.)

Esperava-me, sentada em sua cadeira, na porta de casa. Passava da meia-noite e não havia uma luz acesa.
— Cedo ou tarde você ia voltar — me disse.
— Como foi lá, Otilia? O que eu perdi?
Teve de tudo.
Nem sequer me perguntou onde eu estava. Nem eu queria falar do mestre e do meu joelho. Acendeu a luz do quarto e nos recostamos na cama, em cima das cobertas. Havia me passado um prato de leitoa e uma xícara de café.
— Para que você não durma — disse. E esclareceu: — A leitoa foi enviada pela Hortensia Galindo. Tive que me desculpar por você, dizer que estava doente, que as suas pernas estavam doendo.
— O joelho esquerdo.
E comecei a comer, com fome.
— O padre Albornoz não foi — me disse. — Não foi lá na Hortensia. E ninguém ligou. Chegaram o prefeito, sem sua esposa, sem seus filhos, o médico Orduz, o capitão Berrío, o Mauricio Rey, bêbado, mas tranquilo.
— E os jovens? Os jovens fizeram festa?
— Não teve festa.

— Verdade? As moças não dançaram?

— Não tinha uma só moça no pátio. Neste último, ano foram embora.

— Todas?

— Todas e todos, Ismael.

Ela me olhou com recriminação.

— O mais sensato que poderiam fazer.

— Não vão se dar melhor.

— Eles têm que ir para saber.

Otilia foi para a cozinha e voltou com outra xícara de café. Já não se deitou ao meu lado. Dedicou-se a beber café e olhar pela janela, sem olhar. O que poderia olhar? Era de noite: ouviam-se somente as cigarras ao redor.

— E apareceu — disse.

— Quem.

— Gloria Dorado.

Aguardei. E ela, por fim:

— Com uma carta que tinha recebido havia dois anos, do Marcos Saldarriaga, apareceu para dizer que pensava que talvez essa carta servisse para sua libertação. E a colocou em cima de uma mesa.

— De uma mesa?

— Na frente da Hortensia Galindo, que a pegou. "Não sou capaz de ler isso eu mesma", disse Hortensia, ao pegá-la. Mas leu em voz alta: "Eu me chamo Marcos Saldarriaga. Esta letra é minha".

— Leu isso?

— "Reconheço a letra dele", disse Hortensia.

— E aí? Ninguém disse nada?

— Ninguém. Ela simplesmente continuou lendo. Era como se ela mesma se escutasse, sem poder acreditar, mas acreditando à força. Nessa carta, Marcos Saldarriaga pedia a Gloria Dorado nada mais nada menos que jamais permitisse que a Hortensia se encarregasse da sua libertação. "A Hortensia gostaria de me ver morto", leu a própria Hortensia Galindo, sem que sua voz se embargasse. Teve forças para ler.

— Caralho.

— Leu as palavras de um louco, foi isso que eu pensei, a princípio. Nem mesmo um louco pensaria em procurar inimigos de tal maneira, começando por sua mulher. Nessa carta, Marcos falou mal até do padre Albornoz, sepulcro embranquecido, chamou-o assim, disse que todos queriam vê-lo morto, desde o hipócrita do Mauricio Rey até o prefeito, traidor do seu povo, passando pelo general Palacios, esse criador de pássaros, chamou-o assim, e o médico Orduz: bezendeiro, cabeção. Pedia a Gloria Dorado que não permitisse que seus conterrâneos advogassem por sua libertação, pois aconteceria o oposto, fariam as coisas ao contrário, e tão ao contrário que cedo ou tarde ele apareceria morto em qualquer estrada.

— Pois ainda não apareceu, nem morto nem vivo.

— E a Hortensia ainda leu, sem que ficasse com a voz embargada: "Que isso seja lido em público, para que o mundo saiba a verdade, que querem me matar, tanto os que me fazem prisioneiro como os que dizem que querem me libertar". Gravei esta última coisa na minha memória porque foi aí que me dei conta de que o Marcos Saldarriaga já se dava por morto, que não estava louco e dizia as coisas de verdade, com a verdade que só o desespero dá, como diz aquele que sabe que vai morrer. Para que mentir?, o homem que mente na hora de morrer não é um homem.

— E ninguém disse nada, como é que ninguém disse nada?

— Todos queriam ouvir coisas piores.

Ouvimos o zumbido de um inseto pelo quarto; rodeava a lâmpada acesa, atravessou por entre nossos olhares, pousou em cima do crucifixo da cama, depois na cabeça do antigo santo Antônio de madeira, espécie de altar num canto, e finalmente desapareceu.

— Eu também estou um pouco conformado, confesso, com o desaparecimento do Marcos Saldarriaga — me atrevi a dizer para a Otilia.

— Tem coisas que a gente não deve dizer em voz alta, nem mesmo aos que mais gostam da gente. São coisas que fazem com que as paredes ouçam, Ismael, você me entende?

Dei risada.

— O mundo sabe dessas coisas, muito antes do que as paredes — eu lhe disse.

— Mas é imperdoável que você as diga. Trata-se da vida de um homem.

— Eu te confesso o que estou pensando, que é o que o mundo pensa, aqui, embora ninguém no mundo mereça essa sorte, isso é impiedoso.

— Isso não tem nome — disse ela.

Comecei a me despir até ficar de cuecas. Ela me olhava com atenção.

— O que foi? — perguntei-lhe. — Você gosta de ruínas?

E me enfiei debaixo das cobertas e falei a ela que queria dormir.

— Você é assim — disse —, dormir, olhar e dormir. Não quer ouvir o que a Geraldina, sua vizinha, fez?

Fingi despreocupação. Mas isso me sacudiu:

— O que ela fez?

— Levou as crianças. Foi embora.

Otilia me examinava com muito mais atenção:

— Antes de ir embora, teve tempo de falar, isso sim.

— O que ela falou?

— Que era uma vergonha que a Gloria Dorado, a essa altura, depois de dois anos de ter recebido a carta, aparecesse para entregá-la, quando já não vinha ao caso. Era muito dura a situação do Marcos Saldarriaga, disse, não estava regulando bem, quem pode estar, prisioneiro da noite para o dia, de gente que nem conhece, sem que se saiba por quanto tempo, talvez até morrer?, o que o Marcos dizia eram só intimidades, mal-entendidos, brigas de casal, desespero, e já não era prudente trazer uma carta desse tipo a uma mulher tão machucada como a Hortensia. "Foi cumprido o que ele pediu", interrompeu-a Gloria Dorado, "lê-la em público. Por dois anos não a mostrei porque me pareceram duras as coisas que ele escreveu, e até injustas. Mas vejo que devia tê-lo feito antes, porque é bem possível que o que ele diz seja verdade, que aqui ninguém quer a sua libertação, nem mesmo o padre Albarnoz." "Infame", nisso a Hortensia Galindo gritou para ela. Ninguém soube quando havia dado um pulo na direção da Gloria, as mãos na frente, como se quisesse agarrá-la pelo cabelo, mas teve o azar de tropeçar e cair e quicar gorda como ela só aos pés da Dorado, que gritou: "Tenho certeza de que neste vilarejo só eu quero ver o Marcos Saldarriaga livre, seus ladrões". Ana Cuenco e Rosita Viterbo foram ajudar Hortensia Galindo a se levantar. Nenhum homem se adiantou; ou estavam mais assustados que nós ou pensavam que isso era coisa de mulheres, "Saia da minha casa", gritou Hortensia, mas a Dorado não ia embora. "Não ouviu? Vá embora", gritou Rosita Viterbo, e a Dorado não se mexeu. Então a Ana e a Rosita partiram pra cima dela; cada uma a agarrou por um braço e a levaram até a porta que dá para o pátio; uma vez ali, a empurraram e a trancaram.

— Fizeram isso?

— Sozinhas — Otilia suspirou. — Graças a Deus — disse —, a Gloria não apareceu com seu irmão, que não teria permitido. Um só homem que se metesse, os outros iam se meter e as coisas ficariam piores.

— Com tiros.

— Os homens são mesmo uns estúpidos — disse, olhando-me fixamente e sem evitar um sorriso. Mas, na mesma hora, seu rosto ficou paralisado: — Que tristeza: a Ana e a Rosita começaram a distribuir os pratos de leitoa: a Hortensia Galindo dava pena em sua cadeira, o prato em seus joelhos, sem experimentar nada. Vi suas lágrimas caírem no prato. Os gêmeos comiam a seu lado, despreocupados. Ninguém pôde consolá-la, e logo se esqueceram de fazê-lo.

— Culpa da leitoa — disse. — Saborosa demais.

— Não seja cruel. Às vezes eu me pergunto se é verdade que continuo vivendo com o Ismael Pasos ou com um desconhecido, um monstro. É melhor acreditar que todos sofreram como eu, Ismael, e se entristeceram. Ninguém pediu outra taça. Tudo sem música, como o padre Albornoz teria gostado. Comeram e foram embora.

— Não sou cruel. Eu repito para você que me dói que qualquer homem seja detido contra sua vontade, tenha o que tiver, ou não tenha o que não tiver, porque também estão levando os que não têm, o melhor seria a gente desaparecer primeiro, voluntariamente, para que não desapareçam com a gente à força, que deve ser muito pior. Agradeço a minha idade, a meio passo do túmulo, e me compadeço das crianças, porque lhes aguarda um duro trecho a percorrer, com toda esta morte que estão herdando e sem que tenham culpa.

Mas, comparada com a sorte do Marcos Saldarriaga, me dói mais a sorte da Carmina Lucero, a padeira. Ela também foi levada, no mesmo dia.

— A Carmina? — minha mulher gritou.
— Fiquei sabendo hoje.
— Ninguém nunca nos contou.
— Só se falou do Marcos Saldarriaga.
— A Carmina — repetiu minha mulher.

E vi que começava a chorar, por que falei isso para ela?
— Quem te contou? — me perguntou com um soluço.
— Primeiro deita — respondi. Mas ela continuava ali, atônita.
— Quem? — disse.
— O mestre Claudino. Hoje ele arrumou o meu joelho. Fiquei de levar uma galinha para ele.
— Uma galinha — me disse sem entender. Depois acrescentou, estranhamente, porque temos duas galinhas, enquanto apagava a luz e se deitava ao meu lado: — E como você vai comprá-la?

Não esperou que eu respondesse, pôs-se a falar da Carmina Lucero, nunca havia conhecido uma mulher tão boa, e se lembrou do esposo da Carmina e dos seus filhos, quanto devem estar sofrendo, disse, "Quando as coisas não iam bem na minha casa a Carmina nos fiava todo o pão que quiséssemos", de tanto em tanto ouvia sua queixa se desvanecer no ar quente que respirávamos, justo quando eu já acreditava que o sono reparador vinha para nos ajudar, e era quando nos encontrávamos mais do que rendidos gravitando numa cama num vilarejo num país no suplício e eu ainda não me atrevia a lhe revelar que a Carmina já estava morta no cativeiro havia dois anos, dava na mesma: nessa noite nenhum dos dois poderia dormir.

PARA QUE CONTINUAR DEITADO? Amanhece e saio de casa: volto outra vez sobre meus passos, até o barranco. Na montanha da frente, a esta hora do amanhecer, veem-se como imperecíveis as moradias disseminadas, longe uma da outra, mas em todo caso unidas porque estão e sempre estarão na mesma montanha, alta e azul. Há alguns anos, antes de Otilia, eu me imaginava vivendo numa delas o resto da vida. Ninguém as habita, hoje, ou são muito pouco as habitadas; não faz mais de dois anos havia cerca de noventa famílias, e com a presença da guerra — o narcotráfico e o exército, guerrilha e paramilitares — só permanecem umas dezesseis. Muitos morreram, os demais tiveram que ir embora à força: daqui em diante, quem sabe quantas famílias irão ficar, nós ficaremos?, afasto meus olhos da paisagem porque, pela primeira vez, não a suporto, tudo mudou, hoje — mas não como se deve, digo, maldita seja.

Margeando o barranco, um porco caminha na minha direção, farejando na terra. Para um instante aos meus pés, levanta o focinho, bufa, grunhe, põe seus olhinhos em meus sapatos: de quem é este porco?, por todo o vilarejo, de tanto em tanto, um porco ou uma galinha passeiam, sem sinal do dono. É possível que eu é que tenha me esquecido dos nomes dos donos dos porcos; antes os distinguia. E se levasse este porco para o mestre Claudino, no lugar de uma galinha?

Ouço um grito no amanhecer, e depois um tiro. É lá em cima, na esquina. Ali o estampido formou uma fumaça negra. Uma sombra branca atravessa correndo, dessa esquina para a outra. Não se ouve mais nada, a não ser os passos se precipitando até desaparecer. Hoje madruguei, ir embora, ir embora é melhor, não se pode passear tranquilo nestes dias; agora ouço os meus passos, que soam um atrás do outro, cada vez mais rápidos, com rumo definido, o que eu estou fazendo aqui, às cinco da manhã? Descubro que o caminho da minha casa é o mesmo da sombra que corria, paro, não é prudente seguir atrás das sombras que fogem, não se ouvem mais tiros, coisa de particulares?, pode ser: não parece a guerra, é *outra* guerra: alguém descobriu alguém roubando, alguém simplesmente descobriu alguém, quem?, continuo caminhando, paro, escuto: nada mais, ninguém mais. O joelho: "Você tem que deixá-lo descansar por três dias", me advertiu o mestre Claudino, e eu de baixo para cima, será que o joelho vai voltar a doer?, não, os meus passos sem dor vão pelas esquinas, estou curado, que vergonha era essa dor, Otilia, que premonição, que engano, que ninguém me falte quando eu morrer, mas que ninguém me ajude a urinar, Otilia, morra depois de mim.

Avanço sem saber para onde, em direção contrária à da sombra, longe do disparo; melhor um lugar onde se sentar para ver o amanhecer em San José, embora fizesse falta outra pinga para essa outra dor como que por dentro do ar da gente; o que é?, será que vou morrer? Soam mais tiros, agora são rajadas — fico paralisado, são distantes: de modo que não era *outra* guerra, *é* a guerra de verdade, estamos ficando loucos, ou já ficamos, onde vim cair?, é a escola: o costume me trouxe.

— Professor, madrugou para ensinar.

É a Fanny, quem era a Fanny? A porteira. Menor do que antes, o mesmo avental de séculos. Eu não escapuli para o seu catre, muitos anos atrás, não senti seu cheiro? Sim. Cheirava a *aguadepanela*. E pintou a cabeça de branco. Continua vivendo aqui, mas hoje nenhum de seus filhos a acompanha, o que eu estou dizendo, seus filhos já devem estar velhos, devem ter ido embora, eu me lembro do seu marido: morreu jovem, voltava de umas festas do padroeiro; caiu num barranco e sua mula caiu em cima dele.

— Professor, parece que hoje ou ontem levaram alguém.

Seus olhos continuam iluminados do mesmo jeito, como quando eu a cheirei, mas seu corpo se despedaça pior do que o meu. E disse:

— Melhor que vá para sua casa.

— Estou indo para lá.

E fecha a porta, sem mais nem menos: não deve se lembrar do que eu me lembro. Reinicio de novo o rumo para a minha casa, do outro lado do vilarejo. Estou longe; quanto me afastei, a que horas?, simplesmente não queria seguir o caminho da sombra que corria. Agora posso voltar, a sombra já deve ter ido, acho, e acho que estou voltando, mas, na praça, os soldados me param, me conduzem, apontando a arma, com um grupo de homens sentados na escadaria da igreja. Nós nos conhecemos, ali vejo Celmiro, mais velho do que eu: um amigo cochilando. Alguns me cumprimentam. Detido. Otilia não vai se chatear com as minhas notícias. Vejo aflorar o amanhecer, que desce do pico das montanhas feito lençóis flutuantes; o clima é fresco ainda, mas abre caminho, minuto a minuto, para o recalcitrante calor, se tivesse uma laranja na minha mão, se a sombra da laranjeira, se a Otilia aparecesse para seus peixes, se os gatos.

Um soldado pede nossa identidade, outro verifica o número na tela de um aparelho portátil. Começam a sair de suas casas aqueles que estavam dormindo em San José. Sabem muito bem que somos os desafortunados que madrugaram. Chegou a nossa vez. Eles nos interrogam, os madrugadores: por que madrugou hoje?, o que estava fazendo na rua? Só alguns podem ir embora, mais ou menos a metade: um soldado leu uma lista de nomes: "Estes vão embora", disse, e fiquei pasmo: não escutei meu nome. Em todo caso, vou embora com os que se vão. Uma espécie de enfado, indiferença, me ajuda a passar por entre os fuzis sem que ninguém repare em mim. De fato, nem sequer olham para mim. O velho Celmiro, mais velho do que eu, um amigo, segue o meu exemplo: ele tampouco é mencionado, e isso o mortifica: "O que acontece com esses aí?", me diz, "o que a gente poderia ter para resolver?, mil vezes merda". Queixa-se de que nenhum dos seus filhos veio procurá-lo para saber de sua sorte. E escutamos o Rodrigo Pinto protestar, jovem e preocupado; protesta debilmente; aperta seu chapéu branco entre as mãos; é um vizinho de calçada, vive na montanha, relativamente longe do nosso vilarejo, mas continua e continuará detido sabe-se lá até quando; não lhe permitem ir à sua casa, que fica adiante, na metade da outra montanha; ele nos disse que sua mulher, grávida, e seus quatro filhos estão sozinhos e esperando-o; veio ao vilarejo para comprar óleo e açúcar mascavo, mas não se atreve a seguir o meu exemplo e o de Celmiro: ele não é tão velho como nós para atravessar o cerco, inadvertido.

Foram três ou quatro longas horas nos olhando, mais resignados do que inconformados. Ocorre sempre, quando acontece alguma coisa e a gente madruga demais da conta. Os que ficam são colocados num caminhão do exército; certamente vão interrogá-los com detalhes, na base. "Foi um dos que foram levados", comentam os vizinhos, quem levaram desta vez?, ninguém sabe e ninguém, tampouco, está morrendo de vontade de averiguar; que levem alguém é assunto comum e corrente, mas acaba sendo delicado averiguar demais, preocupar-se em excesso; algumas mulheres, durante o que demorou nossa detenção, vieram falar com seus homens. Otilia não veio, deve continuar dormindo, deve estar sonhando que estou dormindo ao seu lado, e já é meio-dia, não dá para acreditar, a que horas o tempo passou? Passou como sempre, passou, como sempre.

— Professor? O senhor também no cochilo.
— Não sabia que você estava comigo — respondo.
— Não estava. Estava olhando, simplesmente. Não quis importuná-lo, professor, para não incomodar. Parecia sonhar com os anjinhos.

E vem em minha direção, abrindo os braços, o médico Gentil Orduz, seus óculos quadrados cintilam ao sol, sua camisa branca.

— Eu não estava detido — me informa —, mas o senhor é tão divertido, era engraçado olhar para o senhor, professor, como não se rebelou? Diga para eles eu sou o professor Pasos, e pronto, eles o deixarão passar imediatamente.

— Estes rapazes não me conhecem.

Enfrento, assediando-me, o rosto satisfeito, avermelhado, saudável. Dá tapinhas nos meus ombros.

— O senhor soube? — diz. — Levaram o brasileiro.

"O brasileiro", repito para mim mesmo.

Com razão não foi à casa de Hortensia Galindo, Otilia não falou dele, não foi o cavalo dele que eu vi sozinho, encilhado, trotando displicentemente, de noite, na minha volta da casa do mestre Claudino?

— Estava para acontecer, certo? — me pergunta o médico Orduz. — Vamos beber uma loira, professor, ou prefere dizer loira gelada? Deixe-me convidá-lo, a gente se sente bem do seu lado, por que será?

Nós nos acomodamos no corredor que dá para a rua. "Outra vez a venda do Chepe", digo para mim, "o destino". Chepe nos cumprimenta da mesa oposta, com sua mulher, que está grávida. Ambos tomam um caldo de galinha. O que eu não daria por um caldo no lugar de uma cerveja. O Chepe destila alegria, vigor. Afinal de contas, vem aí seu primeiro filho, o herdeiro. Há alguns anos, Chepe foi sequestrado, mas conseguiu escapar em pouco tempo: despencou pelo abismo, escondeu-se num buraco da montanha durante seis dias: conta isso com muito orgulho, e rindo, como se se tratasse de uma piada. A vida em San José retoma seu curso, aparentemente. Hoje não é Chepe, e sim uma moça quem nos atende, uma margarida branca reluz em seu negro cabelo, quem me disse que as moças desse vilarejo tinham ido embora?

— Deve ser sua velhice — responde o médico — o que faz com que a gente, a seu lado, se sinta em paz.

— Minha velhice? — me espanto. — A velhice não dá paz.

— Mas há paz na sabedoria, não, professor?, o senhor é um venerável ancião. O brasileiro já me falava do senhor.

Eu me pergunto se ele diz isso com dupla intenção.

— Que eu saiba — digo —, não é brasileiro. É daqui, bem colombiano, do Quindío; por que será que o chamam de brasileiro?

— Isso, professor, nem o senhor nem eu sabemos. Melhor perguntar por que ele foi levado.

O médico Orduz deve beirar os quarenta anos, idade boa. Dirige o hospital há uns seis anos. Solteiro, não é à toa que tem duas enfermeiras e uma médica muito jovem encarregada da zona rural. É um cirurgião afamado nestes lugares. Realizou uma delicada cirurgia de coração num índio em plena selva, de noite, com êxito, e na raça, sem anestesia, sem instrumentos. Teve sorte: as duas vezes que a guerrilha quis levá-lo, ele se encontrava longe de San José, em El Palo. E, na vez que os paramilitares chegaram para buscá-lo, conseguiu se esconder num canto do mercado, enfiando-se inteiro numa saca de espigas de milho. Não pretendem levar o médico Orduz para pedir resgate, dizem, mas usá-lo como o que ele é, um grande cirurgião. Sua experiência em San José lhe parece definitiva: "A princípio me assustava tanto sangue à força", costuma contar, "mas já estou habituado". O médico Orduz ri o tempo todo, e mais do que Chepe. Sem ser desta terra, não quis ir embora, como outros médicos.

Sua voz torna-se lânguida, sussurrando:

— Acho — diz — que o brasileiro pagava umas boas propinas tanto aos paras como à guerrilha, às escondidas, com a esperança de que o deixassem tranquilo, e então, por que o levaram?, vai saber. Era um sujeito precavido, e estava a ponto de ir embora. Não conseguiu. Dizem que encontraram na sua fazenda todas as suas vacas degoladas. Algum desgosto deve ter dado, mas a quem.

Abriu os braços no momento em que a moça servia nossa cerveja.

— Doutor — grita Chepe, da sua mesa. Sua mulher levanta a cara para o teto, ruborizada, inquieta. Orduz dirige os olhos cinza para eles. — Finalmente decidimos — continua o Chepe —, queremos saber se será menino ou menina.

— É pra já — responde Orduz, mas não se levanta da sua cadeira. Só a empurra para trás e tira os óculos. — Vamos ver, Carmenza, me mostre essa barriga. Dali, assim, de perfil.

Ela suspira. E também empurra a cadeira e, obediente, levanta a blusa até o início dos seios. É uma barriga de sete ou oito meses, branca, que desponta mais na luz. O médico ficou observando detidamente.

— Mais de perfil — diz, e aperta os olhos.

— Assim? — ela se mexe para um lado. Os mamilos são grandes e escuros, e muito maiores os peitos, repletos.

— Menina — diz o médico, e volta a colocar os óculos. A moça que nos serviu as cervejas solta uma exclamação, depois uma risadinha, e corre para o interior da venda. A mulher de Chepe baixa a blusa. Ficou séria repentinamente:

— Então vai se chamar Angélica — diz.

— Pronto — ri Chepe, e dá uma palmada e esfrega as mãos, inclinado para o seu prato.

A tropa de soldados passava pela rua. Um desses rapazes parou diante da mesa, do outro lado da varanda de madeira, e nos disse, com raiva, que não podíamos beber, que havia lei seca.

— Podemos beber sim — disse o médico —, mas não deixam. Fique tranquilo, é só uma cerveja, já falei com o capitão Berrío. Eu sou o doutor Orduz, não está me reconhecendo?

O soldado se afasta, reticente, entre a mancha verde dos demais rapazes que não terminam de abandonar o vilarejo, todos em formação, lentos, com a lentidão daquele que sabe que bem pode ir para a morte. Para correr para a frente necessitariam de um grito do capitão Berrío às suas costas. Mas Berrío não é visto em parte alguma. São muito poucos e muito distintos os combatentes que correm por conta própria para a morte. Parece-me que já não existem; só na história. "Com certeza hoje um desses putos vai me matar", um rapaz me disse um dia. Tinha parado na minha porta e me pediu água. Partiam para enfrentar um pelotão avançado. O medo o retorcia, estava verde de pânico: com toda a razão, porque era jovem. "Vou morrer", disse, e eles o mataram, eu vi sua cara rígida quando o trouxeram, e não só ele: havia outros tantos.

Para onde vão agora estes rapazes? Devem estar indo tentar libertar um desconhecido. Logo o vilarejo ficará sem soldados por um tempo. Eu me dedico a olhar a rua, enquanto o médico fala na minha frente. As moças que não foram embora porque não podem, porque suas famílias não têm com que ou não sabem como nem a quem remetê-las, são as mais belas, me parece, porque são as que ficam, as últimas. Um grupo delas se afasta correndo em direção contrária à tropa. Vejo suas saias voltearem, ouço os gritos assustados, mas também, entre eles, outros gritos, a excitação de uma despedida aos soldados.

— Um só batalhão, em San José, contra dois exércitos — me diz o médico. E fica me contemplando entristecido, talvez duvidando de que eu o escute. Escuto-o, agora: — Estamos mais indefesos do que esta barata — diz e, com o salto do sapato, esmaga uma enorme barata que corria pelo chão. — O prefeito tem razão ao pedir mais efetivos.

Continuo observando o borrão da barata, um exíguo mapa em relevo.

— Bom — digo —, as baratas sobreviverão ao fim do mundo.

— Se forem extraterrestres — diz, e solta uma gargalhada sem convencimento. E fica me olhando mais. Tem, em todo caso, um grande sorriso, permanente, em sua cara. Agora dá uma pancada na mesa, com a mão: — O senhor não ouviu o prefeito no rádio? Também foi transmitido pela televisão, e disse a verdade, disse que San José só conta com um batalhão de infantaria da Marinha e o posto de polícia, e que isso é o mesmo que nada, ficar nas mãos dos bandidos; disse que se o ministro da Defesa puder vir até aqui que venha, para que se dê conta da situação na própria carne. Dizer isso é ter colhão; podem tirá-lo do posto, por falastrão.

Como estará a doce Geraldina? Otilia deve estar, certamente, fazendo companhia a ela. Uma água morna molha minha perna. Meu problema, de vez em quando, é que me esqueço de urinar. Devia ter falado disso com o mestre Claudino. E assim é: olho para mim mesmo: estou com as calças ligeiramente molhadas nos fundilhos, não foi do medo, Ismael, ou foi?, não foram essas rajadas, a sombra que pulava. Não. Simples velhice.

— Está me ouvindo, professor?

— Meu joelho está doendo — menti.

— Venha ao hospital na segunda-feira e vamos examinar. Agora estou às voltas com outras coisas, que joelho?, o esquerdo? Bom, já sabemos de que perna o senhor manca.

Despeço-me. Quero ouvir, quero ver Geraldina, averiguar o que está acontecendo com ela. O médico também se levanta. "Vou para onde o senhor vai", me diz com picardia, "para a casa da sua vizinha. Faz duas horas que lhe administrei um calmante. Sofreu uma crise nervosa. Veremos se já está dormindo" e, de novo, dá uns tapinhas nos meus ombros, nas costas. Fatigam, sentem-se muito mal suas duas mãos quentes, debaixo deste calor, suas duas mãos delicadas e macias de cirurgião, os dedos ardentes, acostumados a tanto morto, oprimindo-me o suor da camisa contra a pele. "Não me toque", digo, "hoje não me toque, por favor." O médico solta outra gargalhada e caminha comigo, ao meu lado:

— Eu entendo, professor. Qualquer um que seja detido, simplesmente por madrugar, fica com um humor do cão, não é mesmo?

DA MESMA DISTANTE ESQUINA, o vendedor de empanadas ainda teima: ouvimos seu grito para ninguém, mas grito violento, de invocação, "Oyeeee!", igual faz anos, procurando clientes onde os há — onde não pode haver agora. Não é o mesmo rapagão que chegou a San José com seu pequeno fogareiro com rodas, o fogão ambulante que se acende com gasolina e reparte chamas azuis ao redor do tacho. Já deve andar pelos trinta: tem a cabeça raspada, um olho vesgo; uma profunda cicatriz marca sua testa estreita; suas orelhas são diminutas, irreais. Ninguém sabe seu nome, todos o chamam de "Oye". Chegou a San José sem conhecer ninguém, petrificou-se atrás do fogareiro, do enorme caixote sonoro onde o óleo ferve, braços cruzados, e ali começou a vender e continua vendendo as mesmas empanadas que ele mesmo prepara, e repete para qualquer um a sua história, que é idêntica, mas tão terrível que não dá vontade de voltar a comer as empanadas: mostra a escumadeira de metal, indica o tacho cheio de óleo preto, afunda a escumadeira e depois a exibe, hasteando-a: diz que a essa temperatura seu fio pode fatiar um pescoço sem esforço, como se fatiasse manteiga, e diz que ele mesmo fez isso com um ladrão de empanadas em Bogotá, "Um que teve a ideia de me roubar, isso foi puramente em legítima defesa", e enquanto diz isso abana a escumadeira ligeiramente, uma espada na sua cabeça, e grita para ninguém, a plenos pulmões, te ensurdecendo: "Oyeeeee!".

Não voltei por causa das suas empanadas, como tampouco o médico, suponho. Parece que nós dois pensávamos a mesma coisa.

— É um assassino em sonhos — me diz Orduz, afastando, com certa repugnância, o olhar do vendedor. Seguimos pela rua empoeirada, vazia.

— Ou está aterrorizado — digo. — Quem pode saber?

— É o sujeito mais estranho que já conheci; ao que me consta, vende suas empanadas, tem dinheiro, mas em todos estes anos que eu estou aqui nunca o vi acompanhado de uma mulher, nem sequer de um cachorro. Eu sempre o encontro nos noticiários da televisão, lá no Chepe, sem desgrudar da porta, recostado, mais ensimesmado do que num cinema; faz dois anos, quando filmaram as ruas deste vilarejo de paz, a igreja recém-dinamitada, e nos coube nos vermos pela primeira vez no noticiário da televisão, rodeados de mortos, mostraram-no por um segundo, pano de fundo, e ele próprio se reconheceu na sua esquina, apontou para si mesmo e gritou para nós: "Oyeee". Por pouco não rompe os vidros, os tímpanos, os corações. E ficou pálido quando escutou o grito do Chepe: "Vai gritar na sua esquina", e ele, com outro grito pior: "Agora não se tem o direito de gritar?", e foi embora da venda. Disseram que dorme ao ar livre, atrás da igreja.

Como se respondesse a suas palavras, ouvimos o "Oyeeee" distante, ao qual estamos todos acostumados em San José. O médico se vira para mim, maravilhado, e parece buscar minha opinião. Não disse nada porque faltava pouco para chegar à casa do brasileiro e já não queria conversar. Vimos, estacionado diante da porta, o jipe do capitão Berrío. "O Berrío ainda não saiu à procura do brasileiro", me diz Orduz, com um espanto desmesurado, por sinal. E já estávamos chegando à larga grade de metal, aberta, quando dela sai Mauricio Rey, muito bem-vestido, de branco. "Pelo visto os últimos homens que restam neste vilarejo estão gostando de oferecer suas condolências pelo novo defunto", Orduz consegue me dizer. Sei que Mauricio Rey não é de seu agrado e vice-versa. E ainda escuto o médico, insolente: "Qualquer um diria que o Rey não continua bêbado. Veja como ele caminha, retinho. Sabe fazer isso".

— Não é verdade, professor, que andar junto com os médicos deixa a pessoa doente? Pelo menos de gripe.

Mauricio me diz isso, e o médico solta uma discreta gargalhada: não à toa conversamos diante da casa de Geraldina.

Nós nos olhamos como se nos consultássemos.

— O Berrío continua recolhendo dados — diz Rey. — Para mim ele tem medo de persegui-los.

— Como sempre — responde o médico.

— Mas entrem, senhores — entusiasma-se Rey —, e façam companhia para a Geraldina: não só levaram o brasileiro, como também as crianças.

— As crianças? — pergunto.

— As crianças — me diz Rey, e abre caminho.

Pela primeira vez, não penso em Geraldina, mas nas crianças. Vejo-as rodopiarem pelo jardim, escuto-as. Não posso acreditar. O médico Orduz entra primeiro na casa. Vou alcançá-lo quando Rey segura meu braço e me leva para um canto. Na verdade, continua bêbado; descubro logo no seu hálito, nos olhos avermelhados que contrastam com a vestimenta branca. Fez a barba, e quanto mais bêbado mais jovem parece, perpetuado em álcool — dizem, embora não tenha voltado a jogar xadrez porque começou a cochilar entre uma jogada e outra. Agora eu o vejo cambalear, um instante, mas se recompõe. "Uma taça?", ri. "Não é o momento", digo, e ele, aproximando seu bafo da minha cara, completamente abstraído, seus olhos flutuando na rua vazia, alucinado de si mesmo: "Tenha cuidado, professor, o mundo está cheio de sóbrios". Aperta minha mão com força e se afasta.

— Aonde você vai, Mauricio? — pergunto-lhe. — Você deveria se deitar. Não é dia para festejar por aí.

— Festejar? Só vou um pouquinho até a praça, para perguntar o que está acontecendo.

A saída do capitão, em companhia de dois soldados, nos interrompe. Os três pulam no jipe. Berrío nos cumprimenta com sua cabeça gorda e rosada; passa junto de nós sem uma palavra.

— Não disse? — Mauricio Rey grita para mim, de longe.

Não conhecia este lugar, o pequeno salão da casa do brasileiro. Fresco e aprazível, embelezado por flores, com cadeiras de vime e muitos almofadões ao redor, convida a dormir — digo para mim mesmo, parado no umbral, ouvindo o que estão falando, mas, sobretudo, absorvendo o ar íntimo da casa de Geraldina, que é seu cheiro, seu próprio cheiro de casa. Ouço o médico, depois um soluço, a voz de várias mulheres, uma tosse distante. Descubro de antemão que Otilia não está no salão. Entro e cumprimento os vizinhos. Aproxima-se de mim o professor

Lesmes, diretor da escola faz alguns meses, me chama de lado, como se eu fosse de sua propriedade, com a confiança de saber que sou outro professor, que estive encarregado da escola. "Lamentável", me diz, não compreende que me impede de cumprimentar Geraldina. "Vim a San José para não fazer nada", exclama aos sussurros, "não há uma só criança que compareça, e como? Colocaram uma barricada na frente da escola; se ocorrer uma escaramuça, não demoraremos a sofrer as consequências, seremos os primeiros."

— Com licença — digo-lhe, e me fixo em Geraldina: — Acabo de saber — cumprimento-a. — Sinto muito, Geraldina. No que pudermos ajudar, é só chamar.

— Obrigada, senhor — diz. Tem os olhos inchados pelas lágrimas, é outra Geraldina e, assim como Hortensia Galindo, vestiu-se inteiramente de preto, mas ali continuam (penso, sem poder evitar a mim mesmo), ali persistem, mais redondos e mais fúlgidos, seus joelhos. Tem o queixo bastante levantado, como se oferecesse seu pescoço a alguém ou a algo invisível — a um rosto mortífero, a uma arma. Sua cara se franze, completamente derrotada, suas pupilas brilham de febre, enlaça e desenlaça as mãos.

— Senhor — me diz —, a Otilia andava procurando pelo senhor. Parecia muito preocupada.

— Vou agora procurá-la.

Mas continuo quieto, e ela continua me olhando:

— O senhor soube, professor? — irrompe num soluço —, o meu menino, as minhas crianças, foram levadas, isso não tem perdão de Deus.

O médico Orduz toma seu pulso, diz a frase de sempre, tranquilizar-se, precisamos de uma Geraldina forte e serena.

— Mas o senhor sabe o que é isso? — ela pergunta, com violência intempestiva, como se se rebelasse.

— Eu sei, todos nós sabemos — responde o médico, olhando ao redor. Todos, por nosso lado, nos olhamos, e na realidade é como se não soubéssemos, como se de maneira sub-reptícia entendêssemos isso, sem vergonha, que não sabemos o que é, mas não temos culpa de não sabê-lo, isso sim parecemos saber.

Ela voltou a me olhar:

— Ele entrou à meia-noite com outros homens e levou as crianças, simples assim, professor. Levou as crianças em silêncio, sem me dizer uma palavra, como um morto. Os outros homens apontavam uma arma para ele; certamente não lhe permitiram falar, não é mesmo?, foi por isso que não pôde me dizer nada. Não quero acreditar que não pôde falar por pura covardia. Ele mesmo levou as crianças pela mão. Basta lembrar o que elas perguntavam, para sofrer mais: "Para onde estão nos levando, por que nos acordaram?". "Vamos, vamos, é só um passeio", ele lhes dizia, e para mim nem uma palavra, como se eu não fosse a mãe do meu filho. Foram embora e me deixaram, disseram que eu teria que me ocupar de preparar o pagamento. Que já me informariam, disseram, e tiveram o atrevimento de me dizer isso rindo. Levaram todos eles, professor, sabe-se lá até quando, por Deus, se nós já íamos embora, e não só deste vilarejo, mas do maldito país.

O médico lhe oferece um tranquilizante, alguém passa um copo de água. Ela ignora o comprimido, a água. Seus olhos insones me olham sem me olhar.

— Não pude me mexer — diz. — Continuei quieta até que amanheceu. Ouvi o senhor sair, ouvi sua porta, mas não fui capaz de gritar. Quando pude caminhar já havia amanhecido, era o primeiro dia da minha vida sem o meu filho. Então eu quis que a terra me engolisse, me entende?

De novo o médico oferece o comprimido, a água, e ela obedece sem deixar de me olhar, e continua me olhando sem me olhar quando me afasto para a porta.

NÃO ENCONTRO OTILIA EM CASA. Estou na horta, que permanece igual, como se nada tivesse acontecido, embora tudo tenha acontecido: ali vejo a escada, recostada no muro; no tanque nadam, alaranjados e cintilantes, os peixes; um dos gatos me observa espreguiçando-se ao sol, me faz lembrar dos olhos de Geraldina, Geraldina vestida de preto, do dia para a noite.

— Professor — grita uma voz lá da porta da casa, que eu deixei aberta.

Na soleira, Sultana me espera, acompanhada de sua filha, a mesma moça que tomava conta do doente Mauricio Rey. Como se Rey a tivesse mandado para mim. Mas não se trata de Mauricio Rey: é a minha própria mulher, fico sabendo, que combinou com a Sultana a ajuda semanal da sua filha na horta da casa.

— Nós nos encontramos com a sua senhora na esquina — explica Sultana. — Ela me disse que ia perguntar pelo senhor na paróquia. É melhor o senhor ir procurá-la; não é dia para ir e vir pelas ruas.

Escuto Sultana, mas vejo somente a moça: já não mostra seu cabelo desarrumado, nem o mesmo olhar; agora é só uma menina impaciente, ou talvez chateada de ter que trabalhar.

— Não falta muito — animo-a. — Você só tem que acabar de colher as laranjas e ir para sua casa.

Otília me trouxe a tentação em pessoa, e sem saber. A moça usa um vestido de uma só peça e está descalça, mas já não ilumina, segue aos pulinhos pelo corredor, aparece na porta da cozinha, observa, tímida, os dois quartos, a sala, move-se desamparada e esquálida como um passarinho. Não se parece com sua mãe: Sultana é grande, de ossos largos, forte; usa seu eterno boné de jogador de beisebol, de um vermelho incandescente; a proeminente barriga não desmerece sua força: ela sozinha faz a limpeza na igreja, na delegacia, na prefeitura, lava roupa, passa, vive disso e quer que viva sua filha.

— Você está entendendo, Cristina? — pergunta —, você virá aqui um dia por semana, é fácil chegar.

Seguem para a horta. O desconcerto, a comoção de ver essa moça passar, de seguir e perseguir essa moça, perceber a fatalidade de aroma silvestre, cru, mas nítido, que lança desde cada um de seus passos, te faz esquecer o que mais importa no mundo, Ismael. Falarei com ela, a obrigarei a rir, cedo ou tarde, contarei uma fábula e, enquanto ela estiver na escada, certamente recolherei flores à sua volta.

— Não conhecia sua horta — me diz Sultana. — Tem peixes, o senhor gosta das flores, professor. O senhor ou sua senhora?

— Nós dois.

— Tenho que ir embora — grita aos céus, de repente, diz adeus à sua filha com um gesto. — Voltarei para te buscar, não saia daqui — e aperta minha mão com força de homem e sai da casa.

Cristina fica olhando para mim no meio do jato de sol que atravessa, fragmentado, o galho das laranjeiras. Pisca. Passa uma mão iluminada pela cara ainda mais iluminada, lembra-se de mim?

— Que sede — diz.
— Vai até a cozinha. Prepara uma limonada, tem gelo.
— Gelo.

Como se pronunciasse uma palavra sobrenatural, passa correndo na minha frente, deixando-me mergulhado na mistura de seu ar, cambaleio?, estiro-me na cadeira de balanço, à beira do sol, e ali fico, ouvindo o distante ruído da cozinha, a porta da geladeira que se abre, se fecha, os copos e o gelo que batem, a força com que luta e deve se esforçar Cristina sobre os limões, espremendo-os. Depois não se ouve nada, quanto tempo se passou?, canso de olhar meus joelhos, meus sapatos, levanto os olhos, uma pássaro impreciso cruza voando sem som por entre as árvores. É o silêncio da tarde que cresce na horta, faz-se duro, recôndito, como se fosse de noite e o mundo inteiro dormisse. A atmosfera, de um instante a outro, é irrespirável; pode ser que chova ao anoitecer; um lento desassossego se apodera de tudo, não só do ânimo humano, mas das plantas, dos gatos que espreitam ao redor, dos peixes imóveis; é como se não se estivesse dentro de sua casa, apesar de estar, como se nos encontrássemos em plena rua, à vista de todas as armas, indefesos, sem um muro que proteja teu corpo e tua alma, o que está acontecendo, o que está acontecendo comigo?, será que vou morrer?

Quando a moça volta com os copos de limonada, ansiosa por beber o seu, já não a reconheço, quem é esta moça que me olha, que fala comigo?, nunca na vida me aconteceu de esquecer assim, tão de improviso, pior que um balde de água fria. É como se em todo esse tempo, em cima do sol, houvesse caído uma cortina de neblina, escurecendo tudo: é porque senti, de repente, o medo tremendo de que Otilia esteja sozinha, hoje, passeando por essas ruas de paz onde é bem possível que a guerra chegue outra vez. Que chegue, que volte — digo para mim, grito para mim —, mas sem a minha Otilia sem mim.

— Cacos — digo em voz alta, e me disponho a sair.

— Não vai tomar a limonada?

— Tome você a minha — digo para a moça, reconhecendo-a por fim, e lhe pergunto, perdido: — Para onde a Sultana me disse que a Otilia ia?

Ela me olha perplexa, sem entender. Mas por fim:

— Para a paróquia.

Por que passa pela sua cabeça, Otilia, que eu estou na paróquia?, há anos que eu não vou ver o padre.

Meus braços e pernas balançam sem nenhum ritmo enquanto avanço pelas ruas como que por entre chumaços de algodão, que sonho ruim são essas ruas vazias, intranquilas; em cada uma delas me persegue, físico, flutuante, o ar escuro, embora eu veja que as ruas pesam de mais sol, por que não trouxe meu chapéu?, pensar que não faz muito tempo eu me gabava da minha memória, um dia destes vou me esquecer de mim mesmo, me deixarei escondido num canto da casa, sem sair para passear, os vizinhos fazem bem — digo, repito —, cada vez há menos no vilarejo, e com razão, tudo pode acontecer, e aconteça o que acontecer será a guerra, ressoarão os gritos, explodirá a pólvora, só deixo de dizer isso quando descubro que caminho falando em voz alta, com quem, com quem?

Somente na praça se encontram grupos isolados de homens, ouvem-se suas vozes e de vez em quando um assobio, como se fosse domingo. Dirijo-me à porta da paróquia, logo depois da entrada da igreja, mas, antes de tocar a aldrava, eu me viro: na praça, os mesmos grupos dispersos, aparentemente tranquilos, habituais, se viram para me examinar, durante breve tempo: vendo-os, realmente, é como se todos se encontrassem submersos na névoa, o mesmo hálito de névoa que vi na horta, será que vou morrer? Um silêncio idêntico à névoa fecha nossas caras, por todos os lugares. É possível que se consigam escutar os tiros, daqui, ou que cheguem até nossos próprios ouvidos, rocem-nos. Então, toca fugir. Bato a aldrava com pressa. A sra. Blanca abre para mim. Coloca a nervosa cara empoada pela fresta da porta. É a ajudante, a sacristã do padre Albornoz, seu braço direito, a que recolhe o dinheiro das missas e certamente a que o conta, enquanto o padre Albornoz descansa, os pés afundados num balde de água com sal, como o vi fazer em cada uma das minhas visitas.

— Sua esposa acabou de ir embora — diz a senhora. — Esteve aqui, perguntando pelo senhor.

— Eu e a Otilia estamos brincando de gato e rato — digo-lhe. Vou me despedir, mas me interrompe:

— O padre quer vê-lo.

E abre definitivamente a porta.

Distingo o padre, ao fundo, o perfil aquilino, metido em seu hábito preto, os pretos sapatos de colegial, a Bíblia nas mãos: atrás de sua cabeça grisalha aparecem as árvores de fruta-do-conde da paróquia, os limoeiros, o refrescante jardim, embelezado com grandes matas de azaleias e gerânios.

— Padre Albornoz, estou procurando a minha mulher.

— Entre, entre, professor, vai ser só um café.

Foi outro dos meus alunos, desde seus oito anos. Eu também era um rapaz: tinha só vinte e dois quando voltei a San José com meu cargo de professor e comecei a ensinar pela primeira vez na vida, imaginando que seriam três anos no máximo no meu vilarejo, como um agradecimento, e que depois iria embora, para onde?, nunca soube, e em todo caso jamais fui, porque aqui terminaria, quase enterrado. Algo parecido aconteceu com Horacio Albornoz: foi embora e voltou convertido em sacerdote. Veio me cumprimentar desde o primeiro dia. Ainda se lembrava do poema de Pombo que ele e seus condiscípulos aprenderam de memória: "E este magnífico tapete, oh Terra, quem foi que te deu, e tanta árvore e fresca sombra, e diz a terra: Deus".[5] "Certamente dali veio a minha vocação sacerdotal", me disse rindo, na primeira vez. E começamos a nos visitar a cada semana: bebíamos café na minha casa ou na paróquia, comentávamos as notícias do jornal, os últimos ditames do papa, e de vez em quando deixávamos escapar uma ou outra confidência, até alcançar esse estado de ânimo que nos permite acreditar que há na vida outro amigo.

Poucos meses depois do retorno de Albornoz convertido em sacerdote, chegou a San José uma mulher com uma menina nos braços; apeou do empoeirado ônibus — únicas passageiras — e foi direto para a paróquia, em busca de ajuda e trabalho. O padre Albornoz, que até então havia recusado os esporádicos oferecimentos de várias senhoras de boa vontade dispostas a cuidar da limpeza, da sua cozinha e da arrumação da sua cama, da sua roupa e das suas

---

5. *Y esta magnífica alfombra, oh Tierra, quién te la dió, y árbol tanto y fresca sombra, y dice la tierra: Dios.*

misérias, aceitou de imediato a forasteira na paróquia. Ela é agora a sra. Blanca, convertida pelos anos em sacristã. Sua filha é hoje uma das tantas moças que foram embora, há anos; e a sra. Blanca continua sendo justamente uma sombra branca, silenciosamente amável, tão delicada que parece invisível.

Uma tarde de anos atrás, quando, em vez de tomar café bebíamos vinho, três garrafas de vinho espanhol que o bispo de Neiva lhe havia dado, o padre Albornoz pediu à sacristã que nos deixasse sozinhos. Estava triste apesar do vinho, tinha os olhos marejados, a boca mole: pensei inclusive que, de um momento para outro, ia chorar.

— E se não for para o senhor, para quem vou dizer? — disse-me, por fim.

— Para mim — eu lhe disse.

— Ou para o papa — respondeu —, se eu fosse capaz.

Semelhante começo me desconcertou. O padre era uma careta de arrependimento. Levou um longo minuto armazenando forças para começar e, por fim, deixou-me entrever, com alusões pueris, e sem descuidar do vinho, que a sra. Blanca era também sua mulher, e que a menina era filha de ambos, que dormiam juntos na mesma cama como qualquer casal, da noite até o amanhecer, neste vilarejo de paz. Sei muito bem que o falatório impiedoso já nos rondava todos desde o princípio quando, atrás dele, chegou a mulher com a menina, mas a ninguém ocorreu fazer escândalo, para quê? E que importância tem isso? — disse-lhe —, essa não era uma atitude sã e humana, tão diferente da adotada por outros sacerdotes em tantos países, a hipocrisia, a amargura, inclusive a perversão, a violação de menores?, ele não continuava sendo, acima de tudo, um sacerdote do seu vilarejo?

— Sim — replicou obnubilado, os olhos atentos, como se nunca lhe tivesse ocorrido. Mas acrescentou: — Não é fácil aguentar. A gente sofre, antes e depois.

Passado outro minuto, decidiu-se:

— O que eu nunca vou abandonar — exclamou — é a obra do Senhor, minha missão, em meio a essa tristeza diária que é o país.

E parecia que por fim, assim, havia encontrado a absolvição que necessitava. Eu ainda quis lhe dizer, eximindo-o: "Com certeza, o senhor não é o primeiro, isto é comum em muitos vilarejos", mas começou a falar de outras coisas: agora parecia tremendamente arrependido de me fazer confidente de seu segredo, e talvez desejasse que eu fosse embora logo, que esquecesse logo, e assim o fiz, fui embora logo e esqueci mais rápido ainda, mas nunca esquecerei a sombra branca da sra. Blanca nessa tarde, quando me acompanhou até a porta, o largo sorriso mudo na cara, tão agradecida que parecia a ponto de me beijar.

Ali os deixei anos atrás, aqui os encontro.

Ali os deixei porque o padre Albornoz não voltou a me pedir para visitá-lo, e tampouco para me visitar. Aqui os encontro, iguais, porém mais velhos, enquanto nos sentamos na salinha da paróquia, cuja janela esmerilada dá para a praça. Depois do ataque de dois anos atrás, o padre Albornoz viajou para Bogotá e conseguiu que o governo se ocupasse da ressurreição da igreja dinamitada: permitir que a igreja permanecesse destroçada era uma vitória para os destroçadores, fosse quem fosse, argumentou; de modo que outra igreja melhor foi erguida no mesmo lugar, uma casa melhor para Deus e para o padre, disse o médico Orduz, que, diferentemente do padre, não conseguiu ajuda para seu hospital.

Se o padre vai me falar na companhia da sra. Blanca, não é possível, penso, que Otilia o tenha feito confidente do meu muro e da minha escada, do meu segredo. Otilia: você não poderia padecer minha confissão no meu lugar. Então, o que vai me dizer? Bebemos o café sem pronunciar palavra. Atrás da janela esmerilada, pode-se adivinhar a mancha inteira da praça, os altos carvalhos que a rodeiam, a imponente casa da prefeitura. A praça é uma espécie de retângulo em declive; nós, na paróquia, estamos em cima; a prefeitura fica embaixo.

— E se acontecer outra vez? — me pergunta o padre —, se a guerrilha vier até esta praça, como já aconteceu?

— Não acredito — digo-lhe. — Não acredito, desta vez.

Ouvimos alguns gritos, lá da praça. A sra. Blanca não se altera; bebe seu café como se se encontrasse no céu.

— Só queria lhe dizer, Ismael, que volte a me ver, e logo. Volte como amigo, ou penitente, quando quiser; não se esqueça de mim, o que está acontecendo com você? Se eu não vou visitá-lo é pelo que está acontecendo hoje, como acontece desde ontem, e acontecerá amanhã, para desgraça deste povo sofrido. Já não temos direito aos amigos. É preciso lutar e rezar até nos sonhos. Mas as portas da igreja estão abertas para todos; meu dever é receber a ovelha que se desgarrou.

Sua sacristã o contempla, alucinada. De minha parte, parece que Otilia se confessou por mim.

— São dias difíceis para todos — continua o padre. — A insegurança reina até nos corações, e é quando temos que colocar à prova nossa fé em Deus, que cedo ou tarde nos redimirá de tudo.

Eu me levanto.

— Obrigado, padre, pelo café. Preciso ir ter com a Otilia. O senhor sabe melhor do que ninguém que não é dia para andar pelas esquinas um procurando o outro.

— Ela veio expressamente até aqui, perguntando pelo senhor, e conversamos. Isso me fez lembrar do tempo que estamos sem nos ver, Ismael. Não fique tão recluso.

Acompanha-me até a porta, mas paramos ali, envolvidos numa conversa inesperada, aos sussurros: são tantos os acontecimentos que não havíamos comentado — por nossa recíproca ausência —, que pretendemos repassar tudo, num minuto, e assim nos lembramos, em voz ainda muito mais baixa, do padre Ortiz, de El Tablón, que nós conhecemos, que, depois de torturá-lo, os paramilitares mataram: queimaram seus testículos, cortaram suas orelhas e depois o fuzilaram, acusando-o de apregoar a teologia da libertação. "O que se pode, então, expressar na hora do sermão?", me pergunta o padre, as mãos abertas, os olhos desmesurados, "qualquer um pode nos acusar do que quiser, só porque invocamos a paz, Deus", e, nisso, como se decidisse no último momento, como quem resolve dar um curto passeio, sai comigo da paróquia, fala para a senhora fechar a porta com chave, que o espere. "Vai ser só um minuto", disse-lhe, enquanto ela, aterrorizada, o contempla.

COMEÇAMOS A DESCER LÁ DA PARÓQUIA, em vigilante silêncio, o que nos falta por desvelar? Do meio da praça, um lento grupo de homens sobe para cumprimentar, e o padre para; queria continuar a conversa comigo, mas a chegada de seus paroquianos o impedirá; dá de ombros, faz um gesto indefinível e continua descendo a meu lado; atende aos homens com um sorriso de quem conforta, sem pronunciar palavra; escuta-os com igual interesse; alguns são deste vilarejo, outros das montanhas: não é recomendável ficar nas montanhas quando os enfrentamentos se avizinham; já esconderam seus filhos na casa dos amigos, estão vindo para perguntar o que nos espera, o prefeito e o procurador não se encontram na prefeitura, não há ninguém nas repartições do conselho municipal, onde estão?, o que vamos fazer?, quanto vai durar?, a incerteza é igual para todos; o padre Albornoz replica abrindo os braços, o que ele pode saber?, fala a eles como em seus sermões, e talvez tenha razão, colocando-se em seu lugar: o temor de ser mal interpretado, de terminar acusado por este ou aquele exército, de provocar indigestão em um *capo* do narcotráfico — que pode contar com um espião entre os próprios paroquianos que o rodeiam — fez dele um concerto de balbucios, onde tudo conflui na fé, rogar aos céus esperançados de que esta guerra fratricida não alcance San José de novo, que se imponha a razão, que devolvam Eusebio Alminda, outro inocente sacrificado, mais outro, o monsenhor Rubiano já nos advertiu de que o sequestro é uma realidade diabólica, fé no criador — exorta-nos finalmente, e eleva o dedo indicador: depois da escuridão chega a luz e, coisa realmente absurda, que ninguém entende logo de cara, mas que todos escutam e aceitam porque por algum motivo dirá o padre, nos anuncia que o Menino Divino foi nomeado esta manhã figura religiosa nacional, que o nosso país continua consagrado ao Menino Jesus, oremos, insiste, mas, de fato, nem ele ora nem ninguém parece disposto a corresponder com uma oração.

Mauricio Rey também está entre os que se aproximam. Disse-me — para variar, neste dia — que a minha mulher está me procurando. "Me perguntou pelo senhor", diz, "eu lhe disse que tinha acabado de vê-lo na casa do brasileiro. Foi para lá."

É justamente quando vou me despedir que vejo aparecer, na esquina oposta a nós, lá embaixo, em diagonal, os primeiros soldados, na correria; assim como eu, todos os viram, e se calam, expectantes: os olhares inteiros convergem nesse ponto. Não parece que os soldados tenham chegado ordenadamente, como se fossem embora, mas sim que foram perseguidos; ficam entrincheirados em diferentes lugares, sempre espreitando a mesma esquina por onde acabam de chegar, e miram. Agora vejo, ao redor, rostos de repente desconhecidos — embora se trate de conhecidos — que trocam olhares de espanto, se espremem sem sabê-lo, é um clamor levíssimo que parece brotar remoto, dos peitos, alguém murmura: "merda, voltaram".

Os soldados continuam alertas, quietos; devem ser doze ou quinze deles; nenhum se virou para olhar para nós, para recomendar alguma coisa, como em outras oportunidades; nisso se escutam rajadas, detonações, mas ainda fora do vilarejo. Um murmúrio de admiração, seu frio, percorre as espinhas dorsais — agora sim, sonoro, em plenitude: estas sombras que vejo tremer ao redor, igual ou pior do que eu, me submergem num torvelinho de vozes e caras transtornadas pelo medo, vejo num fulgor a silhueta do padre Albornoz fugindo para sua paróquia, veloz como um cervo, aparece uma ambulância pela mesma esquina, perfurada em todos os seus flancos, embora a boa velocidade, e se perde detrás de uma nuvem de poeira em direção ao hospital, outros soldados fizeram sua entrada pela esquina de cima e gritam com os de baixo, precipitados; os tiros, os estampidos, recrudescem, próximos, e ninguém ainda sabe com certeza em que lugar do vilarejo ocorrem, para onde correr?, de repente se interrompem e são substituídos por um silêncio como de respirações, os combatentes procuram sua posição, e nós, onde?, é nesse instante que sobe, ruidoso, pulando por entre as pedras da praça, o jipe do capitão: Berrío salta dele e olha para o nosso grupo, talvez vá ordenar que voltemos para nossas casas, para qualquer lugar coberto, está pálido, descontrolado, abre sua boca, mas sem nenhum som, como se engolisse ar, assim transcorrem vários segundos, "Guerrilheiros", grita de repente, abarcando-nos com um gesto de mão, "vocês são os guerrilheiros", e continua fazendo-nos subir.

Tinha o rosto desfigurado de raiva ou ia chorar? De um momento para o outro, como que catapultado pelo rancor, levou a mão ao coldre e desembainhou a pistola. Dias depois ficaríamos sabendo, pelo jornal, que sua tentativa de libertação foi um fracasso, que feriram seis de seus homens, que um caminho recém-dinamitado "cortou a passagem deles", uma trilha com minas "quebra-pernas". Isso justifica o que fez? Seu caráter já tinha fama, "o porra-louca Berrío", como é tachado pelos seus homens, pelas suas costas: apontou para o grupo e disparou uma vez; alguém caiu ao nosso lado, mas ninguém quis saber quem, todos hipnotizados na figura que continuava apontando para nós, agora de outro lugar, e disparava, duas, três vezes. Dois caíram, três. Os soldados já rodeavam Berrío, a tempo, e este embainhava a pistola e dava as costas, pulando para o jipe e retirando-se da praça, para o interior do vilarejo, na mesma direção da ambulância. Pensei que o padre Albornoz tinha muita razão em fugir. Não houve tempo de perguntar entre nós, de corroborar o que era certo e o que não era entre tantos absurdos que aconteciam: em menos de cinco minutos, a ambulância irrompeu de novo na praça e parou ao nosso lado. Ali começaram a enfiar os feridos, o último, Mauricio Rey, descobri, sem acreditar, pareceu-me mais ébrio do que nunca, "Não vou morrer", me disse, "não vou lhes dar esse gosto".

Todos nós corríamos agora, em distintas direções, e alguns, como eu, iam e voltavam para o mesmo lugar, sem nos consultarmos, como se não nos conhecêssemos. Foi quando me lembrei de Otilia e fiquei quieto. Olhei em volta. Uma tremenda explosão foi escutada na ponta da praça, o coração do vilarejo: a cinzenta nuvem de fumaça se espalhou e já não vi ninguém; atrás da nuvem de fumaça emergiu somente um cachorro, mancando de uma pata e dando uivos. Procurei de novo pelos homens: não havia ninguém. Estava sozinho. Outra detonação, um estampido mais forte ainda se sacudiu no ar, no outro extremo da praça, pelos lados da escola. Então me encaminhei para a escola, mergulhado no pior pressentimento, pensando que só ali podia encontrar Otilia, no lugar mais comprometido do combate, a escola. Se passou pela cabeça de Otilia me procurar na paróquia, por que não iria até a escola?

— Aonde vai, professor? — a sra. Blanca gritou para mim, da porta encostada. Só se adivinhava a metade de seu rosto branco, alterado. — Venha e se esconda, mas rápido.

Aproximei-me da paróquia, indeciso. Os tiros se intensificavam, longe e perto. Agora um grupo de soldados passou correndo a poucos metros de mim. Um dos soldados, que parecia correr de costas, topou comigo, batendo no meu ombro; me fez escorregar; estive a ponto de rolar por terra. Assim cheguei à cara branca, desorbitada.

— Procurar a Otilia — disse.

— Com certeza já está na sua casa, esperando pelo senhor. Não se exponha, professor. Entre de uma vez ou vou fechar. Ouça como disparam.

— E se a Otilia estiver na escola?

— Não seja teimoso.

De novo deplorei minha memória: lembrei que Rey disse para Otilia que eu me achava na casa do brasileiro. De modo que fui para lá, enquanto ouvia os gritos da sra. Blanca, recriminando-me.

— Eles vão matar o senhor! — gritava.

Vi, ao chegar, que a grade na casa de Geraldina estava fechada, com corrente e cadeado, assim como a porta interna. A porta da minha casa também: haviam colocado a aldrava por dentro; em vão me pus a bater, dando gritos para que abrissem. Sobressaltou-me entender que, se Otilia se encontrasse dentro, já teria aberto, e preferi não entender mais nada. Era possível que, simplesmente, não escutasse. Será que a filha da Sultana ainda continuaria ali ou teria ido embora?

Ouço soluços lá dentro.

— Sou eu, abre rápido.

Ninguém responde.

Na esquina da rua, não longe de onde me encontro — minha testa apoiada na porta, as mãos levantadas contra a madeira —, aparece outro grupo de soldados. Não são soldados, descubro, inclinando ligeiramente a cara. São sete, ou dez, com uniforme de camuflagem, mas usam botas pantaneiras, são guerrilheiros. Também me viram reclinado na porta, e sabem que os vejo. Vêm na minha direção, acho, e então uma descarga da esquina oposta a eles os sacode e prende por completo sua atenção: correm para lá, encolhidos, apontando com seus fuzis, mas o último deles se detém durante um segundo e, durante esse mesmo segundo, se vira para me olhar, como se quisesse me dizer algo ou como se me reconhecesse e começasse a perguntar se eu sou eu, mas não disse uma palavra, não fala, vem falar comigo?, distingo o rosto citrino, jovem, como que entre névoa, os olhos dois carvões em brasa, leva a mão ao cinturão e então me joga, sem força, em curva, algo assim como uma pedra. "Uma granada, Deus", grito para mim mesmo, "vou morrer?" Ambos vemos em suspense o trajeto da granada, que cai, repica uma vez e rola feito qualquer pedra a três ou quatro metros da minha casa, sem explodir, exatamente entre a porta da casa da Geraldina e a minha, no meio-fio. O rapaz a contempla por um instante, extasiado, e por fim fala, escuto sua voz como um festejo em toda a rua: "Ai, que sorte, vovô! Compre um bilhete de loteria". Penso, ingenuamente, que devo responder alguma coisa, e vou dizer sim, que sorte, não?, mas já desapareceu.

Então a porta da minha casa se abre. Atrás está a filha da Sultana, chorando:

— E a minha mãe? — pergunta —, saio para procurar a minha mãe?

— Ainda não — digo. Entro e fecho a porta. Ainda penso na granada que não explodiu. É possível que exploda agora, que destrua a fachada da casa, ou a casa inteira.

Vou correndo para o interior da casa, para a horta. Também ali se escutam os tiros, as explosões. Volto pelo corredor, sempre seguido pela moça chorando, e entro no meu quarto, me vejo olhando debaixo da cama, volto para a horta, procuro na cozinha, no quarto que foi da nossa filha, entro no banheiro.

— E a Otilia? — pergunto. — A Otilia apareceu por aqui?

Não, me diz, e repete que não, balançando a cabeça, sem deixar de chorar.

Fomos de um lugar a outro pela casa, de acordo com os estampidos, fugindo de sua proximidade, sumidos em sua vertigem; terminamos atrás da janela da sala, onde conseguimos entrever, alucinados, por momentos, as tropas contendoras, sem distinguir a que exército pertencem, os rostos igualmente impiedosos, nós os sentimos transcorrer encolhidos, lentos ou na maior correria, gritando ou tão desesperados como emudecidos, e sempre sob o ruído das botas, as respirações ofegantes, as imprecações. Um estrondo maior nos sacode, lá da horta; o relógio octogonal da sala — sua lua de vidro pintado, uma promoção do Alka-Seltzer que Otilia comprou em Popayán — cindiu-se em mil linhas, a hora para sempre parada nas cinco em ponto da tarde. Vou correndo pelo corredor até a porta que dá para a horta, sem me importar com o perigo; como me importar se parece que a guerra acontece na minha própria casa. Encontro o tanque dos peixes — de lajes polidas — pelos ares; no brilhante piso de água, os peixes alaranjados ainda tremem, o que fazer, recolho-os?, "o que a Otilia vai pensar", digo para mim insensatamente, "quando encontrar esta desordem?". Reúno peixe por peixe e os atiro para o céu, longe: que Otilia não veja seus peixes mortos.

Ao fundo, o muro que separa a minha casa da do brasileiro fumega, partido ao meio: há um rombo do tamanho de dois homens, há pedaços de escada espalhados por toda parte; jazem, esparramadas, as flores, seus vasos de barro pulverizados; a metade do tronco de uma das laranjeiras, rachada em todo o comprimento, ainda treme e vibra como uma corda de harpa, soltando-se centímetro a centímetro; há um montão de laranjas arrebentadas, disseminadas como uma estranha multidão de gotas amarelas na horta. E é quando descubro, agora sem acreditar, as sombrias silhuetas de quatro ou seis soldados que trotam fazendo malabarismos em cima do muro, "soldados?", pergunto-me. Sim, tanto faz. Pulam para a minha horta, os fuzis apontando para mim, sinto o suor, as respirações, um deles pergunta onde fica a porta da casa; eu mostro o caminho e corro atrás, pelo corredor. Ouvimos o grito de Cristina na sala; levou as mãos ao rosto, acredita que vão matá-la. Um dos soldados, o último — o mais próximo de nós —, parece reconhecê-la. Vejo que a olha com atenção desmesurada, "Esconda-se debaixo de uma mesa", diz, "se jogue no chão", e continua avançando atrás dos outros. Eu sei que tenho que dizer alguma coisa, adverti-los de algo, perguntar-lhes sobre algo, mas não me lembro de nada, absolutamente. Assim vamos até a porta, que abrem com sigilo. Colocam a cabeça para fora, espiam para um e outro lado e se lançam à rua. "Tranque esse porta", gritam para mim. Eu tranco, o que tinha que dizer para eles?, a granada, lembro, mas outra descarga tremenda — de novo pelos lados da horta — me distrai. "Você não ouviu?", digo para Cristina, "esconda-se." "E onde?", me pergunta com um alarido. "Em qualquer lugar", grito, "debaixo da terra."

A fumaça cresce a partir da horta, é uma longa raiz asfixiante que se mete aos borbotões pelo corredor. Volto correndo por entre suas dobras até a horta; diviso a beirada do muro, examino-o: é bem possível que devam estar seguindo os soldados e, em seu lugar, encontrarão a mim; não tem importância, é melhor morrer em casa do que na rua. Lembro de Otilia, e uma espécie de medo e raiva me encorajam a ficar entre o rombo formado pelo muro, como se isso me defendesse. A fumaceira é produzida por outra das árvores, incendiada e dividida em seu topo; mais abaixo, na polpa branquíssima do tronco descascado, distingo uma mancha de sangue e, sobre as raízes, cravado com estilhaços, o cadáver de um dos gatos. Levo as mãos à cabeça, tudo gira ao redor, e no meio de tudo a casa de Geraldina se ilumina, diante de mim, sem muro: é uma grande ironia este rombo, por onde posso abarcar, em sua total extensão, o jardim de Geraldina, o terraço, a piscina redonda; e não só contemplar, poderia passar para o outro lado, em que estou pensando?, em Geraldina nua, Deus. Otilia está lá dentro?, não vejo ninguém do outro lado, não se distingue nada. Ouvem-se, cada vez mais espaçados, os disparos nas ruas. Longe, num vórtice de gritos cujo centro é a ponta branca da igreja, distinguem-se as espirais de fumaça, por todos os cantos. Entro na horta vizinha, que não sofreu tantos estragos como a minha — exceto a ausência das araras, suas risadas, seus passeios, embora eu não demore em descobri-las, tesas, flutuando na piscina. Atravesso o terraço e avanço para o interior. A porta de vidro que dá para a horta está aberta de par em par, "Tem alguém aqui?", pergunto, "Otilia, você está aqui?".

Algo ou alguém se move às minhas costas: eu me viro para olhar com o coração por um fio. São nossas duas galinhas, refugiadas na horta do brasileiro, tão indiferentes como extraordinárias, tiveram mais sorte do que as araras e agora ciscam pacientemente ao redor. Elas me fazem pensar no mestre Claudino, a promessa.

Encontro Geraldina na salinha onde, não faz muito tempo, cumprimentei-a. Continua sentada na mesma poltrona, continua vestida de preto, continua mergulhada, como seu pesar, numa sombra de paixão que, por ser triste, é mais avassaladora, urgente e devastadora do que nunca. As mãos no regaço, os olhos enlouquecidos, um longo ídolo de dor. Certamente porque é o entardecer, e porque é a guerra, a mesma profunda penumbra deste dia rodeia com mais força todas as coisas. Encontro em torno de Geraldina outros espectros sentados; são mulheres que rezam o rosário, suas vozes se perguntam e respondem aos murmúrios, sou eu quem interrompe a oração. Ignoram-me. Em vão procuro o rosto de Otilia entre elas. Compadeço-me de mim mesmo: se Otilia rezasse com elas já teria saído ao meu encontro. "E a Otilia?", pergunto-lhes, apesar de tudo. Elas continuam rezando aos balbucios.

— Esteve aqui, senhor — me diz a voz de Geraldina, sem nenhuma emoção. — Esteve e tornou a ir embora.

Retornei outra vez à minha casa, pelo mesmo caminho. Ponho-me a fazer um café na cozinha, e ali fico, sentado, esperando que a água ferva na panela. Escuto a água ferver e continuo quieto. A água se evapora por completo, a panela se queima; a delgada tira de fumaça se solta de seu fundo e me lembra a árvore incendiada, o cadáver do gato. Bem, não fui capaz de preparar um café; apago o fogão, e o tempo?, quanto tempo se passou?, não se escutam mais tiros, tiros, como passará o tempo, meu tempo, a partir de agora?, o estrondo da guerra desaparece: de vez em quando, um lamento distante, como se não nos pertencesse, um chamado, um nome aos gritos, um nome qualquer, passos na correria, ruídos indistintos que declinam e são substituídos pelo silêncio absoluto. É o anoitecer, as sombras começam a pender por todos os lugares, a gente se vê sozinho. Tento de novo preparar um café: ponho a panela debaixo da torneira: de repente, não há água, tampouco luz, desperdicei a ocasião para um café, Ismael, e quem sabe até quando a água e a luz voltem, o que a Otilia faria no meu lugar? Encheria a panela com a água restante da fonte, acenderia o fogão a lenha, enalteceria o mundo oferecendo-nos um café no meio da hecatombe; continuo quieto, a noite se completa e escuto que alguém fala lá da rua, por um alto-falante. Pede-nos que se houver um ferido que o tiremos de imediato, que caso contrário continuemos dentro das casas, até que a situação se normalize, assim diz a voz impessoal, de microfone: "Até que esta situação se normalize. Já conseguimos fazer os bandidos bater em retirada".

Ouço, como toda resposta, um queixume dentro da casa. "Cristina", digo para mim mesmo. Seu nome é a única coisa que me sacode desta paralisia de morto em que mergulho. Procuro, nas gavetas da cozinha, uma vela para acender. Não encontro. Tenho que andar tateando pela minha própria casa; vou até o meu quarto — o quarto que Otilia e eu compartilhamos com esse antigo santo Antônio de madeira, espécie de altar onde se guardam as velas e os fósforos. De novo se repete o gemido, na escuridão; deve ser a moça, mas não está no quarto. Minhas mãos tremem, acendem com dificuldade a chama de uma vela. Com essa luz, vou procurando pela casa, chamando Cristina. Descubro que se enfiou no quarto que era da nossa filha, no qual nunca mais voltei a entrar, já faz anos — só Otilia, que costumava rezar ali dentro por nós: "Aqui estaremos mais perto da nossa filha", dizia-me.

— Cristina — chamo com um grito —, você está ferida?

— Não — responde, por fim, saindo de debaixo da cama.

Com tudo e o desventurado das circunstâncias eu mesmo me deploro, abominando-me, ao reparar voluntária e involuntariamente no vestido repuxado, as coxas de pássaro pálido, a selvática escuridão na virilha, à escassa luz da vela, seu rosto molhado em lágrimas: "E a minha mãe?", volta a perguntar, assustada. Está abraçada ao velho urso de pelúcia que foi da minha filha. É uma menina, poderia ser minha neta.

— Se quiser, saia para procurá-la — digo. — E, se quiser voltar, volte e, se não quiser voltar, não volte, mas pare de chorar.

— Mas como? — consegue responder. — Não posso segurar as lágrimas.

— Não é tempo para chorar, Cristina. Não estou dizendo que dê risada, estou te dizendo somente que é preciso reunir forças para encontrar a quem procuramos. Se a gente chora, as lágrimas nos enfraquecem.

O mesmo digo para mim.

E a escuto sair da casa, fechar a porta com força, perder-se correndo na noite, a noite que deve elevar-se assim como a rua: vazia. Fiquei sentado na cama da minha filha, a vela nas mãos, sentindo a cera que se espalha nas minhas mãos, o pavio que se extingue nos meus dedos, cheirando minha própria carne chamuscada, até que amanhece. Você não voltou, Otilia, nem mais cedo nem mais tarde. Terei que te procurar outra vez, mas em que lugar, aonde você foi me procurar?

Ouço o canto dos pássaros — seu canto, apesar de tudo. A horta aparece aos meus olhos fracionada em gases de luz, é um amanhecer enfraquecido, ouço o miar dos gatos sobreviventes na cozinha.

Faço o que Otilia faria: dou-lhes de comer pão e leite, e também eu me alimento do mesmo, sou teu outro gato, penso, e por pensá-lo me lembro do gato morto: terei que enterrar esse gato, que você nunca veja seu gato morto, Otilia. Vou até a árvore: o gato destroçado continua ali; enterro-o debaixo da mesma árvore. A cabana do mestre Claudino é o último lugar que me resta, o último lugar onde você poderia ir me procurar, Otilia, eu mesmo te disse que pensava em levar uma galinha de presente para o mestre, você está lá, lá a guerra te encontrou, lá eu te encontrarei, e para lá vou, repetindo isso com toda essa força e obstinação como uma luz no meio da neblina que os homens chamam de esperança.

Mas antes vou e procuro e corro de um lado para o outro — nos jardins do brasileiro — atrás de uma das galinhas, minhas galinhas, que preferiram ficar na horta vizinha. Percebo os olhos da enlutada Geraldina atrás da porta de vidro: eles me contemplam atônitos quando finalmente agarro uma galinha e a guardo na mochila, agora dando risada: faremos o *sancocho* com Otilia e o mestre Claudino. Volto para minha casa, por entre o rombo do muro, sem me lembrar de cumprimentar Geraldina, sem me despedir. Quando já percorro as primeiras ruas vazias, me esqueço para sempre da guerra: só sinto o calor da galinha nos meus flancos, só acredito na galinha, seu milagre, o mestre Claudino, Otilia, o cachorro, na cabana, todos atentos ao *sancocho* feliz na panela, longe do mundo e ainda mais longe: na invulnerável montanha azul que se levanta na minha frente, meio oculta num véu de névoa.

A última das casas, na rua pavimentada, pouco antes de iniciar-se a estrada, é a de Gloria Dorado. Pequena, mas justa, limpa, cheia de mangueiras, presente de Marcos Saldarriaga. Pareceu-me ver Gloria um instante, na metade da porta aberta, de pijama branco, com uma vassoura nas mãos: ia me dizer algo, pensei, mas fechou a porta. Ia me dar bom-dia e se arrependeu com razão, suponho, ao ver esta minha cara de riso, muito em desacordo com a angústia que ela vive desde o desaparecimento de Saldarriaga. Começo a me afastar pela estrada quando escuto, às minhas costas, sua voz, a voz de Gloria Dorado, a estranha mulata de olhos claros pela qual Saldarriaga se perdeu:

— Cuidado, professor. Ainda não sabemos em mãos de quem o vilarejo ficou.

— Seja quem for, são as mesmas mãos — digo, me despeço e sigo avançando. Que bom abandonar San José, saturado de solidão e medo, tão certo estou de me encontrar na montanha com Otilia.

Longe do vilarejo, perto do caminho da ferradura, quando ainda não se separa a noite do amanhecer, três sombras brotam de entre os arbustos e pulam em mim, me rodeiam, próximas demais, tão próximas que não posso ver seus olhos. Não é possível descobrir se são soldados — ou quem, se daqui, de lá, ou do outro lado, isso importa?, Otilia está me esperando. Algo como o cheiro do sangue me paralisa, eu mesmo me pergunto: será que me esqueci até da guerra?, o que está acontecendo comigo? Arrependo-me tarde demais de não ter escutado Gloria Dorado: em mãos de quem estamos, devo voltar para minha casa, e Otilia?

— Aonde pensa que vai, seu velho?

Grudam-se ao meu corpo, me apertam, a ponta de um punhal no meu umbigo, o frio do cano de um revólver no meu pescoço.

— Vou buscar a Otilia — digo. — Está aqui ao lado, na montanha.

— Otilia — repetem. E, depois, uma das sombras: — Quem é Otilia, uma vaca?

Pensei que as outras duas sombras iam rir diante da pergunta, e, no entanto, seguiu-se o silêncio, opressivo, premente. Acreditei que se tratava de uma brincadeira, e me pareceu o melhor, para fugir no meio da risada com minha galinha. A pergunta era a sério. Queriam de verdade saber se se tratava de uma vaca.

— É a minha mulher. Vou buscá-la, lá em cima, na montanha.

— Nem a pau — diz uma das sombras. Colocou sua cara na minha, seu hálito de charuto me cobre: — Será que não ouviu? Não se pode sair assim, sem mais nem menos. Volte por onde veio.

Continuam todos apertados, apertando-me.

— Não ouvi — digo-lhes. — Vou buscar a minha esposa na casa do mestre Claudino.

— Nem mestre nem Claudino nem nada.

Outra sombra me fala no ouvido, seu resfolegar azedo me empapa o ouvido:

— Agradeça que o deixamos voltar por onde veio. Não encha mais e se manda, não tire a gente do sério.

A outra sombra se aproxima mais e coloca a cabeça na mochila:

— O que tem aí?

Com um dedo enfaixado entreabre a mochila. Olha direto nos meus olhos:

— Qual é o seu negócio? — pergunta, solene.

— Mato galinhas — respondo. Não sei ainda por que respondi isso, por causa do *sancocho*?

As duas outras sombras aparecem para olhar.

— E bem gordas — diz uma delas.

Perto, tão perto, num lado da estrada, começa o caminho de ferradura que sobe para a montanha. Otilia me espera lá em cima, pressinto isso. Ou quero pressentir. Só agora me dou conta de como estou exposto nesta estrada, em pleno amanhecer, somente nós: eles e eu. Ouve-se, ouço, vejo um sopro de vento que levanta pequenas ondas de poeira entre as pedras, será que vou morrer, por fim? Um frio desolador, como se baixasse pelo mesmo caminho de ferradura e desembocasse diante de nós, guiado pelo vento, me apanha, me faz pensar que não, que Otilia não está lá em cima, me faz pensar em Otilia pela primeira vez sem esperança.

— Fiquem com a galinha — digo.

Eles a tiram de um safanão.

— Este se salvou — grita um deles, com uma gargalhada.

— Eu mesmo quebro o pescoço dela — diz outro —, vou comer tudo num piscar de olhos.

Correm para a margem oposta da estrada: nem sequer me olham, e eu subo pelo caminho de ferradura. Só agora começo a entender que se perdeu a galinha. Na primeira curva do caminho para a montanha, eu paro. Grito para eles, gritando com as mãos entre a boca, através da folhagem:

— Eu só mato galinhas.

E continuei gritando isso mesmo, repetindo — entre a fúria e o medo, sem o *sancocho* com o qual sonhava: — Eu só mato galinhas. O pânico, o arrependimento de gritar isso me empurraram a correr ladeira acima, fugir com todas as forças, sem me importar o coração que retumbava. Estava pedindo a eles que me matassem, mas deve ter valido mais a fome do que o desejo de me seguir até me matar por gritar para eles que eu só mato galinhas. Não importava, definitivamente: só pensava em Otilia.

Desde que cheguei à cabana, o silêncio encarniçado me mostrou o que tinha que me mostrar. Otilia não estava. Estava o cadáver do mestre Claudino, decapitado; ao seu lado, o cadáver do cachorro, encolhido no sangue. Com carvão, haviam escrito nas paredes: "Por ser colaborador". Sem pretendê-lo, meu olhar encontrou a cabeça do mestre, num canto. Assim como sua cara, também seu *tiple* estava arrebentado na parede: "não houve necessidade de soltá-lo", pensei, absurdamente, e a única coisa que gritava nesse instante era "Otilia", seu nome. Dei várias voltas ao redor da cabana, chamando-a.

Era o último lugar que me restava.

Finalmente desci para a estrada: sentia-se, no ar, a galinha assada. Um vômito recôndito se assomou aos meus dentes, e ali, na beira da estrada mesmo, diante da fumaça da fogueira que circundava os arbustos opostos, pus-me a devolver o que não havia comido, minha bílis. "Agora sim me matarão", pensava, enquanto caminhava depressa pela estrada, sem fôlego nenhum, mas queria correr porque ainda acreditava encontrar Otilia no vilarejo, me procurando.

PARECIA OUTRO DOMINGO EM SAN JOSÉ, já avançada a manhã: "todos vão para onde vem", eu disse para mim mesmo, idiotizado, porque nenhuma das caras que apareciam no meu caminho era a de Otilia. A própria Gloria Dorado, na entrada do vilarejo, disse sem me dizer: "Tenha fé". Não longe da estrada, a meia centena de metros, no poço, alguns soldados se banhavam; lavavam sua roupa, brincavam.

Perto da praça, no edifício retangular que antes havia sido "o mercado", ouvem-se vozes de homens que discutem, propõem, rechaçam. Alguém fala por um alto-falante. Entro, mas a quantidade de corpos amontoados no corredor me impede de avançar. Ali sinto, pela primeira vez, o calor do meio-dia. Dali escuto a discussão, inclusive distingo, no fundo do salão, no centro da totalidade das cabeças, as cabeças do padre Albornoz e do prefeito. O professor Lesmes está falando: propõe evacuar o município "para que os militares e a guerrilha encontrem vazio o cenário da guerra", diz. As vozes replicam, aos gritos, aos murmúrios. Uns pensam que devem tomar a estrada como protesto até que o governo afaste a polícia de San José. "Sim", diz Lesmes, "pelo menos que retirem as trincheiras do centro urbano e que cessem os assaltos à população." Informam que o ataque já deixou cinco militares, três policiais, dez insurgentes, quatro civis e uma criança mortos, e pelo menos cinquenta feridos. Não se vê um consenso na reunião, e eu com isso?, tampouco se vê Otilia; quero me retirar, mas o compacto grupo de corpos recém-chegados às minhas costas me impede; em vão tento abrir passagem; todos nós suamos, contemplamo-nos aniquilados, o prefeito descarta as propostas, pedirá desde já ao governo nacional que inicie um diálogo com os que pegaram em armas, "Temos que solucionar este problema pela raiz", diz, "ontem foi em Apartadó, em Toribío, agora em San José, e amanhã em qualquer vilarejo". "A evacuação do vilarejo é o que eles estão pedindo", intervém o padre Albornoz, "já me fizeram saber." "Não podemos abandoná-lo", replicam, inflamados, vários homens, "aqui as pessoas têm o pouco que conseguiram com esforço, e não vamos deixar tudo jogado." "A evacuação não é a saída", determina o prefeito, e, no entanto, não é possível ignorar o alarme recôndito por outro assalto iminente ao centro urbano, quem ia imaginar que também iria acontecer conosco, dizem aqui, dizem lá, repetem: anos atrás, antes do ataque à igreja, passavam pelo nosso vilarejo os deslocados de outros vilarejos, nós os víamos atravessar a estrada, filas intermináveis de homens e crianças e mulheres, multidões silenciosas sem pão e sem destino. Anos atrás, três mil indígenas ficaram um bom tempo em San José, e tiveram que ir embora para não agravar a escassez de alimentos nos albergues improvisados.

Agora é a nossa vez.

"A minha casa ficou de pernas pro ar", grita alguém, "quem vai me pagar?" Ouvem-se risadas desconsoladas. O padre Albornoz inicia uma oração: "Na bondade de Deus", diz, "Pai nosso que está no céu...". Cessam as risadas. Penso em Otilia, na minha casa, no gato morto, nos peixes, e, de um instante a outro, enquanto transcorre a oração, consigo por fim sair como que sustentado por todos os corpos, que me empurram na direção da porta, será que ninguém quer rezar? Lá fora se ouve o grito de Oye, o vendedor de empanadas: seu eco repica por entre a rua que ferve. Caminho maquinalmente em direção à praça. Um grupo de homens, entre os quais se encontram vários conhecidos, faz silêncio quando me aproximo. Cumprimentam-me com inquietude. Falam do capitão Berrío, separado temporariamente de seu cargo para se iniciar uma investigação, "Vai ser submetido ao conselho de guerra, e acabará como coronel em outro vilarejo, como prêmio por disparar contra os civis", prevê o velho Clemiro, mais velho do que eu, e tão amigo que evita me olhar nos olhos, por que você se assusta ao me ver, Celmiro?, você sente pena, se compadece, mas em todo caso decide se retirar, rodeado pelos teus filhos.

As vozes me advertem que plantaram minas ao redor do vilarejo: será impossível sair do vilarejo sem risco de voar pelos ares, onde o senhor estava, professor?, plantaram minas "quebra-pernas" em todos os limites de San José, da noite para o dia, já desativaram umas setenta, mas quantas restam?, caralho, dizem as vozes, são potes, vasilhas de leite cheios de estilhaços de bala e excremento, para contaminar o sangue do afetado, que sacanas, que canalhas, as vozes falam de Yina Quintero, a jovem de quinze anos que pisou numa mina e perdeu o ouvido e o olho esquerdos, os que vieram para San José já não podem ir embora, dizem, e tampouco querem ir.

— Vou ao hospital — digo-lhes.

Escutamos um helicóptero. Todos nós levantamos a cabeça, em suspense: agora são dois helicópteros, e ficamos um tempo ouvindo-os, vendo-os se perder rumo à guarnição.

Eu me afasto.

— Professor — alguém me adverte, uma voz que não reconheci —, no hospital mataram até os feridos. O senhor continue procurando sua senhora: já sabemos que está procurando por ela. Não está entre os mortos, o que quer dizer que continua viva.

Parei, sem virar a cabeça.

— Desaparecida — digo.

— Desaparecida — me confirma a voz.

— E Mauricio Rey?

— Morto, como todos os feridos. Mataram até o doutor Orduz, o senhor não sabia? Desta vez tratou de se esconder na geladeira onde guardam os remédios, e o descobriram: metralharam a geladeira inteira, com ele dentro.

Continuo caminhando, sem saber para onde.

— A coisa foi brutal, professor.

— O senhor vá tranquilo e espere.

— Já vão lhe dizer.

— O senhor precisa ficar tranquilo.

Volto de novo para a minha casa, de novo me sento na cama.

Ouço o miado dos gatos sobreviventes, girando em volta de mim. "A Otilia desaparecida", digo-lhes. Os Sobreviventes afundam em meus olhos os abismos de seus olhos, como se sofressem comigo. Há quanto tempo eu não chorava?

Três meses depois dessa última incursão no nosso vilarejo, três meses justos — porque desde então conto os dias —, chegou, sem que se soubesse quem o trouxe para sua casa, nem como, o filho do brasileiro. Apresentou-se às sete da noite, sozinho, e contemplou sua mãe sem um gesto, sem uma palavra, parado no umbral feito uma estátua. Ela correu para abraçá-lo, chorou, ele continuou como que adormecido com os olhos abertos, definitivamente doido, e não deixa de guardar silêncio desde então. Debilitado, nos ossos, magro como nunca, porque nunca foi magro, parece uma criança empurrada à força para a velhice: hermético e arredio, não faz outra coisa que continuar sentado, recebe a comida, chora a sós, assustado, escuta sem escutar, olha sem olhar, a cada manhã acorda e a cada noite dorme, não responde a nenhuma voz, nem sequer a de sua mãe, a angustiada e enlutada Geraldina. Num bolso de sua camisa foi encontrado o bilhete enviado pelos captores, onde especificavam a que Frente pertenciam, com quem Geraldina devia se entender e que preço exigiam pela vida do brasileiro — nem sequer mencionaram Gracielita.

Geraldina começou a viver como que petrificada no medo: ordenaram-lhe não dar detalhe a ninguém das indicações, sob pena da imediata execução de seu marido. Angustiada, sem se decidir a agir, não pôde evitar fazer de Hortensia Galindo e de mim confidentes de sua tragédia; nós que nos encontrávamos com ela quando da aparição do seu filho, e que não sabemos como ajudar, que solução propor, o que fazer, porque acontece exatamente a mesma coisa com os três, a mim com o agravante de ainda não receber notícias de Otilia — a minha Otilia sem mim, os dois sem os dois. Geraldina se limita a esperar a chegada de um irmão, de Buga, que "a ajudará". Agora sua total preocupação se volta por completo na reserva de morto de seu filho; em vão procura despertá-lo do pesadelo em que se encontra: rodeia-o minuto a minuto, atenta a cada um dos seus gestos, e recorre desesperada a uma espécie de jogos como cantos alucinados, onde quer se convencer, inutilmente, de que ele participa, ele, um menino que parece mumificado, metido numa urna. Pensou em levá-lo a Bogotá, com os especialistas, mas afastar-se da zona onde seu marido se encontra prisioneiro a dissuade. A jovem médica, a quem coube nosso vilarejo para levar a cabo seu ano rural, uma das poucas sobreviventes do ataque ao hospital, disse-lhe — pretendendo tranquilizá-la — que o delicado transe em que seu filho se encontra não pode senão ser remediado com o tempo e muita tranquilidade: e sim, a incerteza que reina em San José é talvez parecida com a tranquilidade, mas não o é; desde cedo as pessoas se recolhem às suas casas; os poucos comércios que insistem, abrem suas portas pela manhã e só até parte da tarde; depois as portas se fecham e San José agoniza no calor, é um vilarejo morto, ou quase, assim como nós, seus últimos habitantes. Somente os cachorros e os porcos que farejam entre as pedras, os urubus batendo as asas sobre o galho das árvores, os eternamente indiferentes pássaros parecem os únicos em não se dar conta desta morte viva. Porque de novo somos notícia; aumentam os mortos, dia sim, dia não depois do ataque, de entre as ruínas da escola e do hospital, outros cadáveres apareceram: Fanny, a porteira, com um fragmento de granada que atravessava seu pescoço, e Sultana García, a mãe de Cristina, que apareceu crivada debaixo de uns tijolos "ainda com a vassoura nas mãos" — comentário amargo das pessoas. Compreender que estive com elas, horas antes de sua morte, de repente me deixa pasmo, faça o que fizer, esteja sozinho ou acompanhado, morto por Otilia, que tal que apareça como elas?, me faz abrir a boca como que idiotizado, abrir os braços como se espantasse sombras, abrir mais os olhos como se eu mesmo, agora mesmo, pensasse estou ficando louco à beira deste barranco e me sentisse convencido de que uma mão pode me empurrar no instante menos pensado, neste exato instante, já, agora.

Outras minas "quebra-pernas" explodiram, ou "se deixam ouvir" — outro comentário das pessoas —, nos arredores, felizmente sem vítimas humanas, por enquanto; só um cachorro antiexplosivos (que foi enterrado com honras), outro cachorro vira-lata, dois porcos, uma mula e um caminhão militar, sem feridos. É extraordinário; parecemos sitiados por um exército invisível e por isso mesmo mais eficaz. Não chega ainda um médico que substitua o defunto Gentil Orduz, nem surge pelas ruas outro bêbado lúcido parecido com o Mauricio Rey. O professor Lesmes e o prefeito viajaram para Bogotá; seus pedidos para que retirem as trincheiras de San José não são escutados. Ao contrário, a guerra e a fome se acomodam, mais do que dispostas. As centenas de hectares de coca plantadas nos últimos anos ao redor de San José, a "localização estratégica" do nosso vilarejo, como os entendidos no jornal nos definem, fizeram deste território o que também os protagonistas do conflito chamam de "o corredor", domínio pelo qual batalham com unhas e dentes, e que faz com que aqui a guerra aflore até pelos próprios poros de todos: disso se fala nas ruas, em horas furtivas, e se fala com palavras e maldições, riso e lamento, silêncio, invocações. Sinto falta, e não vou negar, da conversa do médico Orduz e de Mauricio Rey, porque também o padre Albornoz decidiu morrer — à sua maneira: abandonou San José na companhia da sua sacristã, sem se despedir; chegou para substituí-lo um sacerdote mais assustado do que desconhecido, recém-ordenado, o padre Sanín, de Manizales.

Tampouco Chepe se salva do vendaval da morte. Não mataram sua esposa grávida, é verdade, mas a levaram: ela estava no hospital, uma consulta de rotina, quando o ataque começou. Para Chepe, deixaram um papel debaixo da porta: "O senhor tem uma dívida conosco, e por isso levamos a sua mulher grávida. Estamos com a Carmenza e precisamos de cinquenta milhões por ela e outros cinquenta pelo bebê que está para nascer, não volte a debochar de nós". A notícia deste duplo sequestro não demoraria a ser informada por meio do jornal, sob o título: "Angélica, sequestrada antes de nascer". O próprio Chepe, entrevistado, cândido em meio à sua dor, havia revelado à jornalista o nome que pensavam colocar na sua filha. A jornalista, uma jovem ruiva que cobre o recente ataque a San José, não só publica seus artigos no jornal, como realiza entrevistas ao vivo para um jornal da televisão. Escoltada por dois oficiais, além de seu cinegrafista, chegou a San José num dos helicópteros destinados a evacuar os soldados feridos — e os mortos — para seus lugares de origem. Pôde conseguir essa dispensa militar porque é sobrinha do general Palacios. Há dias passeia indolente sob o sol, que neste mês recrudesceu, a ruiva cabeleira guarnecida por um branco chapéu de palha, o olhar escondido detrás de uns óculos escuros. Hoje pela manhã, eu a vi passar diante da minha porta: parou um instante, pareceu duvidar; olhou para seu cinegrafista como se o interrogasse; o jovem fez uma careta de impaciência. A jornalista certamente se perguntava se era eu, um velho sozinho sentado junto da minha casa, um bom motivo para uma foto. Decidiu que não e continuou seu caminho. Eu a reconheci: já a tinha visto na tevê, lá no Chepe. Aqui, neste vilarejo, queimada pelo sol, não parece estar à vontade. Seguiu sua ronda pelas ruas explodidas, as casas despedaçadas. Lenta, a verde camiseta empapada de suor — nas costas, na junção dos seios —, seria possível dizer que caminha através do inferno, a boca franzida no tormento. "Graças a Deus amanhã vamos embora, Jairito", ouvi que ela disse a seu cinegrafista.

Eu havia saído da minha casa, desde a madrugada, para me sentar na beira da porta, como Otilia fazia sempre que me esperava. Via ainda a névoa no sol, persistente, esse desastre que não sei por que nós que ficamos teimamos em ignorar. Lembrar de Chepe e da sua mulher grávida, como fizeram para levá-la?, como fazem para transportar gordíssimos como o Saldarriaga, forçando-os a subir e descer quilômetros?, ajudou-me a caminhar. Tinha que fazer companhia para Chepe. Melhor do que ficar sentado para confirmar a ausência de Otilia era ouvir alguém.

São oito da manhã e chego à sua venda. Alguns estão sentados ao seu lado, numa das mesas do corredor, em completo silêncio; bebem café. Outros, dispersos, bebem cerveja, fumam. Não há música. Chepe me cumprimenta com a cabeça. Eu me sento com ele, na frente dele, numa cadeira incômoda, que bambeia.

— Então, isso quer dizer que vão matá-la — me diz Chepe. Fica me olhando fixamente, demais, bêbado?, e me mostra um bilhete, que não aceito, mas cujo conteúdo dou a entender que já conheço. — De onde vou tirar esse dinheiro? — pergunta-me. — Caralho, professor, de onde?

O que eu posso responder? Continuamos em silêncio. A moça da margarida no cabelo me traz uma xícara de café. Já não está com a margarida, e o rosto é sombrio. Ressente-se, talvez, de que a olhe detidamente. Afasta-se, descontente. Já não nos ouve como antes, não quer nos ouvir. Descubro as garrafas de aguardente debaixo da mesa.

— De onde? — Chepe pergunta a todos nós.

Não sabemos se começou a rir ou a chorar, mas sua boca se distende, sua cabeça treme.

— Explica para eles isso mesmo, Chepe — dizem-lhe.
— Negocia com eles, negocia. Todos fazem isso.

Vejo, atrás de Chepe, várias cabeças de vizinhos; alguns sorriem em silêncio, logo após a piada, porque, apesar de as balas explodirem e o sangue salpicar, sempre há alguém que ri e faz rir aos demais, à custa da morte e dos desaparecimentos. Dessa vez só foram metades de uma ironia algo piedosa: as lágrimas de Chepe pareciam risadas.

Ele se recompõe. É como se engolisse as lágrimas.

— E o senhor, professor, sabe alguma coisa da sua mulher?

— Nada.

— Não demoram, professor, em informá-lo — diz alguém. — Devem estar avaliando seus tesouros.

E outro:

— Professor, passe pelo correio. Tinha duas cartas para o senhor.

— De verdade? Então o correio está funcionando?

— O mundo não caiu, professor — diz um dos que ria.

— E você, o que sabe? — digo-lhe. — Para você o mundo não caiu, para mim sim.

Termino meu café e deixo a venda de Chepe, direto para os correios. "Devem ser cartas da minha filha", penso. Quando aconteceu o caso da igreja, ela nos escreveu perguntando se queríamos ir morar com eles, assegurou-nos que seríamos bem recebidos pelo seu marido, suplicou-nos que pensássemos em nossos netos. Nem Otilia nem eu duvidamos: nunca iríamos embora daqui.

São duas cartas da minha filha. Não as leio no correio e retorno outra vez à minha casa, como se Otilia me esperasse ali, para lê-las. Ao chegar, encontro vários meninos de cócoras, em círculo, sobre a terra, no meio-fio. Peço-lhes permissão para passar, mas continuam quietos, as cabeças quase se tocando. Apareço por cima e descubro as mãos dos meninos esticadas, finas e morenas em torno da granada de mão. "A granada", grito, "continua aqui."

— Vamos ver — digo-lhes.

O maior dos meninos se decide, segura a granada e pula para trás. Os demais fazem o mesmo. Eu os assustei. Não pode ser, penso, guardo as cartas da minha filha no bolso, vou explodir antes de ler as suas cartas, Maria. Estico as mãos, mas o menino não parece disposto a me entregar a granada: "Não é sua", ele me diz. Os demais se viram para me olhar, na expectativa. Sabem muito bem que se começassem a correr eu nunca poderia alcançá-los. "Tampouco sua", digo-lhe, "de ninguém. Dá para mim, que vai explodir, você quer explodir como esse cachorro que enterraram com honras?" Peço, no íntimo, que esse menino estivesse entre aqueles que presenciaram o enterro do cachorro com honras, a um lado do cemitério, quando tocaram as cornetas. E, sim, deve saber muito bem a que me refiro, porque de imediato ele a entrega para mim. De algo serviu esse enterro público. Os outros meninos recuam só uns passos, afastando-se de mim, mas sem deixar de me rodear. "Vão embora", digo-lhes, "me deixem sozinho com isto." Não me deixam, seguem-me — a prudente distância, mas me seguem —, e eu, para onde?, avanço pelas ruas com uma granada na mão, acompanhado de meninos. "Vão embora", grito, "não continuem atrás, isto aqui vai explodir todos nós." Continuam, impávidos, e até me parece que das casas saem mais meninos que interrogam, aos sussurros, os primeiros, e permanecem às minhas costas, sem comoção, de onde aparecem tantos meninos?, não foram embora? Por fim ouço a voz aterrorizada de um homem: "Bote isso bem longe, professor, o que está fazendo?". Depois o eco de outra voz, de mulher, espantando os meninos: "Para suas casas", grita-lhes. Os meninos não a obedecem. Mudos, impassíveis, certamente esperam que um velho exploda diante deles, sem jamais imaginar que eles também explodiriam. As portas de mais casas se abrem, a voz de mulher agora dá berros. Eu vou direto para o barranco. Ultrapasso a fábrica de violões abandonada. Atravesso na frente da casa de Mauricio Rey, quase correndo. Paro na beira do barranco. Agora os meninos se aproximam demais, inclusive um deles, o menor, nu da cintura para baixo, me agarra pela manga, "Sai daqui", digo-lhe. O suor me obriga a fechar os olhos. Tenho certeza de que quando levantar o braço e jogar a granada, só pela força que terei que fazer para jogá-la, explodirá na minha mão e eu explodirei, rodeado de meninos, acompanhado por um montão de meninos, Deus sabe que alguém no vilarejo rirá disto, cedo ou tarde: "Ao explodir, o professor Pasos levou com ele um bom número de meninos", digo para mim mesmo, notando a dura superfície da granada na minha mão, um animal com garganta de fogo que me dissolverá num sopro; se me encontrasse sozinho, pelo menos, isto seria indolor, não teria que esperar por você, Otilia, não te disse que eu seria o primeiro?, os meninos permanecem atrás de mim, faço uma vã e última tentativa para que se afastem, procuro espantá-los com gestos, e, pelo contrário, eles se agrupam mais em volta de mim, vozes de mulheres e de homens os chamam ao longe, eu levanto o braço e jogo o animal no barranco, ouvimos o estampido, as diminutas labaredas que saltam lá do fundo nos ofuscam, as luzes pintadas que sobem fragorosas pelo galho das árvores, para o céu. Eu me viro para os meninos: são caras felizes, absortas, como se contemplassem fogos de artifício.

Volto para casa, por entre rostos congestionados de mulheres; ficaram sabendo tarde demais e vieram por causa dos seus filhos, algumas os abraçam, outras os repreendem, empregam a cinta, como se eles tivessem culpa, penso, ouvindo que os homens me interrogam, pois agora são homens e mulheres os que me seguem, "Onde estava essa granada, professor?". "Na minha rua", e, por dentro, me carcome esta vergonha que ainda não sou capaz de admitir: esquecer essa granada durante meses: "o mato deve ter crescido em volta, cobrindo-a", penso, para me justificar, "fazendo-a parecer uma flor cinza, sepultando-a". Homens e mulheres vêm comigo até a minha casa e entram comigo, como em sua casa, o que comemoramos?, quem derrotamos?, é melhor assim, fazia tempo que ninguém entrava nesta casa como um folguedo intempestivo, e se Otilia saísse de repente da cozinha?, felicitam-me, alguém puxa um coro com meu nome, contam para as outras pessoas, num minuto; eu só queria me sentar para ler as cartas da minha filha, mas a sós. Impossível. Agora chegam Chepe e os que estavam bebendo na venda. Um deles me estende uma dose de aguardente, que eu bebo sem respirar. As pessoas aplaudem. Noto que a minha mão treme, será que estava com medo?, claro que tive medo, estou urinado — descubro, mas não pelo medo, repito, é a velhice, simples velhice —, e me tranco no meu quarto para trocar de roupa. Ali nenhuma vergonha me invade, não tenho culpa de perder a memória, disso nenhum velho tem culpa, digo. Vesti outra calça e assim fico, sentado na cama, as cartas na minha mão, reconheço de novo a letra da minha filha, mas quero ler a sós, terei que mandar embora estes amigos, "O que está acontecendo, professor", gritam do outro lado, "saia para nos atender", e riem e aplaudem quando saio, "professor, não tem música?".

Na horta, os mesmos meninos que encontraram a granada passeiam, certamente à procura de mais granadas que prolonguem a festa, admirados, na realidade, da árvore partida pela metade, da laranjeira carbonizada, dos escombros do tanque dos peixes, as flores murchas nos despojos — Otilia vai ficar triste quando voltar, porque me esqueci de regar suas flores. Várias vizinhas se apoderam da cozinha, acendem o fogão a lenha e preparam café para todos, "Do que o senhor se alimenta, professor?, Deus terá que se apiedar, a Otilia vai voltar, tenha fé, nós rezamos por ela todos os dias". Os dois Sobreviventes, amedrontados, contemplam a multidão, lá do muro. Por entre o rombo, distingo a figura de preto de Geraldina, acompanhada de seu filho emudecido. Algumas comadres lhe contam da granada. De novo me oferecem um trago, que bebo outra vez, de um gole só. Na verdade — digo a Chepe em segredo, como se gritasse para ele —, eu gostaria de ter explodido, mas sozinho. "Eu entendo, professor, eu entendo", ele me diz, os olhos avermelhados. Dentre as mulheres, adiantam-se Ana Cuenco e Rosita Viterbo, me levam um instante para um canto, com elas. "Professor, por que não vai embora com a gente, com as nossas famílias?", perguntam-me. Eu lhes questiono para onde. "Para Bogotá", elas me dizem. Eu lhes digo que não entendo. "Nós suplicamos, professor, já estamos com tudo pronto, vamos hoje mesmo. Em Bogotá, poderá esperar pela Otilia, lá vai arejar melhor as ideias. Ou vá embora para a casa da sua filha, mas vá o quanto antes, deixe este vilarejo." "Claro que não vou embora", digo-lhes, "não me passou pela cabeça." Depois de alguns rodeios, me dizem que querem comprar, para levar de lembrança, nosso antigo santo Antônio de madeira. "É milagroso e, em todo caso, nós o guardaremos para a Otilia melhor do que o senhor pode fazê-lo." "Milagroso?", digo, "pois aqui os milagres foram esquecidos", e lhes dou o santo Antônio de madeira, "podem levá-lo quando quiserem". Elas não se fazem de rogadas, conhecem muito bem o caminho. Com extrema cautela, me parece, somem com a pequena estátua do santo Antônio, aninhada em seus braços como uma criança, justo quando já começo a duvidar e a me perguntar se Otilia estaria de acordo com a minha decisão de dá-lo, mas não consigo chamá-las: nesse momento, as pessoas abrem passagem para alguém e se distanciam de mim, como se me apontassem.

É a jovem jornalista, o cinegrafista, dois oficiais.

— Permita-me felicitá-lo — ela me diz, e estende uma mão suave demais, com a qual me atrai suavemente. E me deu um beijo na bochecha, sem soltar minha mão: é o mesmo sorriso com que começa a apresentar seus programas. O cinegrafista dispõe sua câmera, inclina-se um instante sobre o aparelho, aperta um dos botões, "Só duas perguntas, professor", ela continua dizendo. Cheira a sabonete, como se tivesse acabado de tomar banho, por que desta vez o cheiro de sabonete de uma mulher me faz mal? É bela, o cabelo vermelho e molhado, o chapéu branco na mão, mas não parece real, ao meu lado. Ela e seu cinegrafista me dão a impressão de serem de outro mundo, de que mundo vêm?, sorriem com estranha indiferença, são os óculos escuros?, querem acabar logo, nota-se em seus gestos, ela torna a me dizer alguma coisa, que já não escuto, não quero escutar, faço um esforço para entendê-la, está simplesmente cumprindo seu trabalho, poderia ser minha própria filha trabalhando, mas não pode ser minha filha, não quero nem posso falar: dou um passo para trás, com um dedo aponto minha boca, uma, duas, três vezes, indicando-lhe que sou mudo. Ela entreabriu a boca, e me olha sem acreditar, até parecia que ia rir. Não. Algo como a indignação a anima: "Que senhor mal-educado", diz.

— Hoje o professor decidiu ser mudo — grita alguém.

É seguido por uma explosão de gargalhadas. Vou até o meu quarto, fecho a porta. E ali fico, de pé, a testa apoiada contra a madeira, ouvindo como lenta e progressivamente as pessoas vão embora. O miado próximo dos Sobreviventes me anima a sair. Não tem ninguém em casa, mas deixaram a porta aberta, que horas são?, não se pode imaginar: entardece. Nem sequer a fome me avisa do tempo, como antes. Tenho que me lembrar de comer. Devo me esquecer, certamente, porque não há luz elétrica. Vou até a entrada da casa, o degrau, e ali me afundo na cadeira de Otilia, para esperá-la, enquanto leio as cartas de Maria, à última luz do entardecer. Nas duas cartas, nos diz a mesma coisa, talvez tarde demais: para irmos morar com ela, em Popayán, que seu marido está de acordo, que exige isso. Que você escreva para ela, Otilia, que por que você deixou de escrever. Agora terei que escrever por você. E o que vou dizer? Direi que Otilia está doente, que não pode escrever e manda seus cumprimentos, será uma notícia ruim — mas com um resto de esperança, mil vezes melhor do que dizer que o pior é verdade, que a sua mãe está desaparecida. Ainda não queremos ir embora, eu lhe direi, para que ir, a esta altura?, seriam suas próprias palavras, Otilia: em todo caso, obrigado pelo oferecimento e que Deus os abençoe, levaremos em conta o que nos oferecem, mas é para pensar: precisamos de tempo para deixar esta casa, tempo para deixar o que teremos que deixar, tempo para guardar o que teremos que levar, tempo para nos despedirmos para sempre, tempo para o tempo. Se ficamos aqui toda uma vida, por que não umas semanas?, nós continuaremos aqui, esperando que isto mude, e, se não mudar, veremos, ou vamos embora, ou morremos, assim o quis Deus, que seja o que Deus quiser, o que Deus tiver vontade, o que lhe der na telha.

— Professor, não durma aí sentado.

Um vizinho que sei que conheço me acorda, mas não o reconheço agora. Tem na mão uma lamparina a querosene, acesa pela metade: nos ilumina, aos trancos, o feixe amarelado, espesso de mosquitos.

— Eles vão comer o senhor vivo — diz.

— Que horas são?

— É tarde — diz com mortificação —, tarde para este vilarejo; quem sabe para o mundo.

— Também — digo.

Ele se faz de desentendido. Pendura a lamparina na maçaneta e se agacha, as costas contra a parede, despoja-se do chapéu, usa-o à maneira de leque, e mostra a cabeça raspada, suada, a cicatriz na testa, as diminutas orelhas, a nuca dilatada. Devo saber quem é, mas não me lembro, é possível? Distingo, na penumbra, que tem um olho vesgo.

— Entremos — digo-lhe —, faremos um café na cozinha.

Não sei por que digo isso, se na realidade gostaria de ir dormir na cama, por fim, a despeito do mundo — que não me preocupem os desaparecimentos, que não se imiscuam comigo, quero dormir sem consciência, por que digo isso se, além do mais, este homem, quem quer que seja na minha lembrança, me produz um cansaço e mal-estar inevitáveis, é seu cheiro de gasolina, o timbre da sua voz, essa maneira torcida de expressar as coisas?

Uma vez na cozinha, quando vê que acendo uma vela, apaga sua lamparina, "Para economizar", diz, embora ambos saibamos que também as velas escasseiam no vilarejo. Ajoelha-se no chão e se põe a brincar com os Sobreviventes. É estranho: os Sobreviventes não admitem que ninguém os toque a não ser Otilia, e agora miam, enroscam-se gulosos ao redor dos braços e pernas do homem. Está descalço, os pés sujos de pó, de barro rachado: se não duvidasse dos meus olhos, flutuando nas sombras, eu diria que sujos de sangue.

— O senhor é a primeira pessoa que me convida para um café neste vilarejo — diz e depois se senta onde Otilia se sentava: durante anos.

Enquanto esperamos que os carvões do fogão se reavivem, que a água ferva, dou de comer aos Sobreviventes — arroz molhado em sopa de arroz.

— Professor, o senhor mesmo cozinha?

— Sim. O suficiente.

— O suficiente?

— Para não morrer de fome.

— Mas sua senhora cozinhava e o senhor só comia, certo?

Isso mesmo, penso. E me viro a fim de olhar para o desconhecido: irreconhecível, por que perco a memória quando mais preciso dela? Bebemos em silêncio, sentados em volta do fogão. Agradeço o sono que sinto. Esta noite sim poderei dormir, espero não sonhar, simplesmente não sonhar, se tivesse dormido lá fora, na cadeira, minhas costas estariam doendo no dia seguinte, dormirei na cama e me convencerei por umas horas de que durmo com você, Otilia: que esperança.

No entanto, o desconhecido-conhecido não se despede.

Continua ali, apesar de que ambos acabamos em três goles nossas xícaras, apesar de não restar café na panela, apesar dos pesares — me impaciento. Fui amável com ele; afinal de contas, não deixou que eu dormisse a noite inteira na cadeira: Otilia não teria gostado que eu acordasse lá fora na rua e o vilarejo inteiro me olhando, "Bom", digo-lhe, "terei que me despedir, quero dormir, tomara que de uma vez e para sempre".

— É verdade, professor — pergunta sem dar a mínima para as minhas palavras —, é verdade que o Mauricio Rey se fingia de bêbado para que não o matassem?

— Quem disse isso? — respondo, sem conseguir evitar esta espécie de raiva que não consigo vencer desde que levaram Otilia: — O Mauricio bebia de verdade. Não acredito que suas garrafas fossem de água.

— Claro que não, certamente.

— Cheiravam a álcool puro.

Voltamos a fazer silêncio, por que me pergunta isso?, desde quando não se matam os bêbados aqui? São os primeiros que matam, e deve ser fácil, por sua falta de defesa, os sóbrios são maioria — dizia Mauricio Rey. A vela se extingue, e não vou renová-la. Estamos quase às escuras. Eu o escuto suspirar enquanto acende sua lamparina e se levanta. À luz amarela, terrosa, que faz da cozinha uma espécie de sombra de chamas, vejo que os Sobreviventes se foram, Otilia tampouco está na cozinha, Otilia em nenhum lugar.

Só quando o desconhecido vai embora eu me lembro: é Oye, o vendedor de empanadas, o que faz aqui?, eu devia ter lhe dito, apesar de tudo, que ficasse na minha casa, porque a estas horas, com semelhante escuridão, embora leve sua lamparina na mão, facilmente o confundem com qualquer um que é preciso matar, por que disse que me cansava?, um sujeito azarado, que culpa tem de ninguém gostar dele? Acendo a vela e saio para a porta, com a esperança de encontrá-lo — divisá-lo ao longe, chamá-lo. A luz de sua lamparina desapareceu.

Só escuto uns gemidos na noite, soluços de menina?, e logo o silêncio, e depois outro choro, alongado, quase um miado, muito perto da minha casa, na grade da casa de Geraldina, que oscila, chia. Vou para lá, protegendo a luz da vela, no oco da minha mão: não é preciso, não treme um triz de vento, e o calor parece maior, lá fora. A vela se derrete com rapidez. É uma moça, descubro, de pé, recostada contra a grade, e, diante dela, se esfregando nela, uma sombra que pode ser um soldado. "O que está fazendo aqui, seu velho, o que está olhando?", me diz com um suspiro o soldado, diminuindo a acometida, e, como continuo no meu lugar, ainda surpreso de descobrir algo tão diferente do que eu imaginava — eu pensava em queixumes da pior agonia —, a luz da vela se alarga, abarcando-nos, e eles então param, com o gesto de um só corpo ofuscado. No golpe de luz, distingo o rosto de Cristina, a filha de Sultana, observando-me com um sorriso espantado, por cima do braço do soldado. "O que está olhando?", repete o rapaz, como uma ameaça definitiva, "se manda." "Deixa ele olhar", diz, de repente, Cristina, assomando muito mais sua cara suada, examinando-me, "ele gosta". Noto em sua voz que está bêbada, drogada. "Cristina", digo-lhe, "quando você quiser vir, aqui está sua casa, tem uma cama." "Sim, já vou", me diz, "agorinha mesmo, mas acompanhada." Ela e o soldado dão risada, e eu me afasto, cambaleando. Deixo-os, fustigado pelas suaves piadas que decaem, às minhas costas, na noite fechada. Assim voltei para minha casa, para minha cama — derrotado pela inclemente voz de Cristina, por suas palavras.

À luz da vela, olho os meus sapatos, tiro os sapatos, olho os meus pés: minhas unhas se enroscam como garras, as unhas das minhas mãos também são como de ave de rapina, é a guerra, digo para mim, alguma coisa dá na gente, não, não é a guerra, simplesmente não corto as unhas desde que Otilia não está; ela as cortava para mim, e eu para ela, para não ter que nos encurvarmos, lembre-se: para que nossos corpos não doessem, e tampouco raspo a barba, nem corto esse cabelo que, apesar de velho, empenha-se em não desaparecer, uma manhã me dei conta, só uma manhã me olhei no espelho, sem pretender, e não me reconheci: com razão, da última vez, Geraldina me olhou com apreensão, deplorando-me, assim como as pessoas, homens e mulheres que de uns meses para cá param a conversa quando me aproximo, me olham como se tivesse ficado louco, o que você me diria, Otilia, como você me olharia?, pensar em você só dói, triste reconhecer isso, e sobretudo deitado na cama, barriga para cima, sem a vizinhança viva do teu corpo, tua respiração, as ilusórias palavras que você pronunciava em sonhos. Por isso me obrigo a pensar em outras coisas, quando tento dormir, Otilia, embora, cedo ou tarde, fale com você e te conte, só assim começo a dormir, Otilia, depois de repassar um trecho da minha vida sem você, e consigo dormir profundo, mas sem descansar: sonhei com os mortos, Mauricio Rey, o médico Orduz, certamente a conversa com Oye me fez lembrar deles na hora de começar a dormir, e falar de viva voz sem me dar conta, como se você me escutasse, "Que tal esta vida", digo à

Otilia invisível, "Mauricio Rey e o médico mortos, e com toda certeza o Marcos Saldarriaga continua vivo".

— Deixa que viva aquele que viva — me diria Otilia, tenho a certeza — e que morra aquele que morra, você não se meta.

Quase escuto sua voz.

EM VÁRIAS OCASIÕES, Marcos Saldarriaga se referiu ao médico Orduz como um colaborador da guerrilha: talvez por isso os paramilitares tenham querido levá-lo à força, para pedir-lhe contas, ou pretender seus serviços: seus pacientes diziam brincando que o Orduz sabia usar seu bisturi como o melhor assassino. Em todo caso, o mal estava feito e as ameaças não cessaram, diretas ou veladas, contra o médico, dificultando-lhe a vida. Dizia-se, absurdamente, que emprestava os cadáveres do hospital com o fim de traficar, dentro deles, a cocaína, que era um homem-chave no contrabando de armas para a guerrilha, e dispunha das ambulâncias a seu bel-prazer, enchendo-as até o topo de cartuchos e fuzis. Orduz se defendia com o imperturbável sorriso; atendia o general Palacios, era amigo de soldados e oficiais, sem importar sua patente: ninguém se queixava de sua eficácia de médico. E, no entanto, o mal estava feito, porque, fosse qual fosse a verdade, morreria sob o fogo da guerra.

Um mal parecido aconteceu a Mauricio Rey, também a cargo de Saldarriaga. Há muitos anos eles eram inimigos políticos, desde que Adelaida López, primeira esposa de Rey, apresentara-se como candidata à prefeitura. Era uma mulher empreendedora e clara como o dia, segundo diziam seus slogans, e, sim, como uma exceção à regra, os slogans diziam a verdade: clara como o dia, empreendedora: talvez por isso mesmo acabou sendo assassinada à bala e garrote: quatro homens, todos portando armas de fogo, um deles com um garrote nas mãos, bateram na casa de Rey: pediram à mulher dele que saísse para a rua. Ambos se negaram. Começava a anoitecer, e também um dos crimes mais dolorosos que se tenha lembrança neste município, como mostram os periódicos: os homens se cansaram de esperar, entraram na casa e tiraram Adelaida à força, junto com Mauricio. O do garrote começou a bater na mulher na cabeça enquanto Mauricio permanecia no chão, de barriga para baixo, sob a mira da arma. A filha única deles, de treze anos, saiu atrás de seus pais. Dispararam na mãe e na filha. A menor morreu no ato, ao mesmo tempo em que Mauricio erguia sua mulher nos braços e a levava ao hospital, onde, minutos mais tarde, faleceu, depois dos inúteis esforços de Orduz — que procurou salvá-la até o último momento. Também absurdamente, desde então, a amizade entre o médico e Mauricio ficou abalada, e tudo porque Mauricio, em suas mais amargas bebedeiras, não duvidava em fustigar e recriminar o médico, de maneira injusta, mas desesperada, tachando-o de inepto.

Um dos assassinos, detido semanas mais tarde, aceitou ser membro das Autodefesas[6] da região. Disse que seus chefes se reuniram em três oportunidades para planejar o crime, porque a mulher de Rey ganhava força nas suas aspirações à prefeitura, e porque se negou publicamente a ter qualquer aproximação com os paramilitares da

---

6. Autodefesas Unidas da Colômbia (AUC), principal grupo paramilitar de extrema--direita, criado em 1997 com o objetivo de combater tanto as Forças Armadas Revolucionárias da Colômbia (FARC) como o Exército de Libertação Nacional da Colômbia (ELN). (N. T.)

região: o plano contou com a participação de um ex-deputado, dois ex-prefeitos e um capitão da polícia. Embora em nenhum momento o assassino tenha mencionado o nome de Marcos, sempre se pensou que Marcos tinha algo a ver com o assunto. Por isso mesmo, Rey jamais se recuperou dos crimes cometidos em sua família e se dedicou a beber sem remédio, e em qualquer momento de qualquer bebedeira lembrava que Marcos havia difamado sua esposa mais de uma vez, e que era culpado. Anos depois, voltou a se casar, e tampouco isso o salvou da memória; ele nunca conseguiu explicar por que não o mataram no dia que mataram sua mulher e sua filha, embora advertisse permanentemente que, cedo ou tarde, tentariam desaparecer com ele. Muitos ironizavam às suas costas, argumentando que se fingia de bêbado perdido para que se compadecessem dele.

Todos esses fatos fizeram de Marcos Saldarriaga o homem invulnerável de San José, porque parecia se entender com a guerrilha, os paramilitares, os militares, os narcotraficantes. Isso explicava a origem do seu dinheiro, que devia ter múltiplas fontes: colaborou com grandes somas nas atividades humanitárias do padre Albornoz, entregou milhões ao prefeito, para obras de beneficência — que, segundo Gloria Dorado, o prefeito desviou em favor próprio —, milhões ao general Palacios, para seu programa de Proteção de Animais, proveu de uniformes e equipamentos os soldados da guarnição, organizou-lhes festas descomunais, e começou a comprar terras para os camponeses, desaforado, por bem ou por mal: dava a soma que ele calculava, e o proprietário que não concordasse desaparecia, até que coube a ele próprio desaparecer, quem sabe em mãos de quem, de que forças (o defunto mestre Claudino, que foi levado com ele, nunca o comprovou, nunca soube quem eram, nem lhes perguntou), o certo é que Saldarriaga desapareceu deixando atrás de si um rastilho de ódios, pois ninguém, no fim das contas, o estimava — afora sua amante e sua mulher, possivelmente —, nem sequer seus seguranças e capatazes, que, em vez de chamá-lo de Saldarriaga, o chamavam de "Saporriaga", o que não impediu, durante quatro anos, que o vilarejo de San José se apresentasse a cada dia nove de março na casa de Hortensia Galindo, para condoer-se de seu desaparecimento, comer e dançar.

Em meu sonho me pareceu que entrava numa casa sem teto, onde o médico e Mauricio, no pátio, sentados um de frente para o outro, conversavam; o vento, aos borbotões, se esparramava lá de cima, como rios, e me impedia ouvir o que falavam, e, no entanto, eu sabia que era algo que concernia só a mim, que a qualquer instante minha sorte ia ser decidida, que na realidade os dois me confundiam com alguém, com quem?, de repente eu compreendia: ambos se encontravam convencidos de que eu era Marcos Saldarriaga, e era isso mesmo: num espelho de corpo inteiro que brotava repentino ao meu lado como um ser vivo me olhando, eu me via com a cara e o corpo de Marcos Saldarriaga, o desmesurado e detestável corpo. "Quem me mudou de corpo?", eu lhes dizia. "Não se aproxime de nós, Marcos", gritavam, suas vozes quase físicas batendo no ar. "Estão me confundindo com o Marcos", eu lhes dizia, mas me pediam que não me aproximasse, me desprezavam. Outros homens entravam, muitos, desconhecidos, sombras armadas: vinham por minha causa, para desaparecer comigo, e não podia esperar ajuda de Rey, nem do médico, *sentia* que para eles eu era o delator, o que dedurava, "Eu não sou o Marcos", eu gritava para eles, e os mortos — porque também no meu sonho os dois estavam mortos — insistiam em me confundir com Marcos, ou eu era realmente Marcos Saldarriaga e aguardava ser justiçado, sem esperanças?, foi minha última dúvida, a intolerável dúvida dos sonhos, ao mesmo tempo que se elevavam as vozes do médico e de Mauricio, culpando-me, e ainda não escapava de suas vozes quando a voz de Geraldina chegou para me libertar:

— Professor, acorde. Está gritando.

Amanhecia:

— Professor, não sofra tanto.

De modo que era verdade: ali, diante de mim, na porta, dentro da minha horta, dentro da minha casa, dentro do meu quarto, vestida de preto, embora finalmente com um lencinho azul-celeste na cabeça, sobrevivia Geraldina, e a seu lado seu filho, de pé, mas adormecido.

— Professor, eu pensei que não estivesse em casa. Fiquei chamando pelo senhor lá da horta, me perdoe se eu o incomodei.

— Era um pesadelo.

— Percebi, eu ouvi. O senhor dizia que não era Marcos Saldarriaga.

— E não sou, não é mesmo?

Observou-me, assustada.

Saí de debaixo dos lençóis; tinha dormido de roupa. Sentado na beirada da cama, lembrei que era um velho quando me inclinei para procurar meus sapatos: a falta de jeito e uma repentina pontada nas costas me paralisaram; ela me passou os sapatos, antecipando-se, porque eu poderia ter caído. Fiquei com os meus sapatos na mão, agora não seria capaz de colocá-los? Claro que sim: Geraldina, Geraldina no meu quarto, me acordando, sua aparição.

— O senhor usa cobertores — espantou-se —, e quantos, não cozinha com este calor?

— A velhice os esfria — disse-lhe.

Imaginei-a dormindo, contra a minha vontade: nua, sem cobertores.

— Venha tomar café conosco, professor, por que não quis nos visitar como antes?

Por que não quis? Ignoro a resposta, porque não consigo, ou não quero, enfrentá-la. Avanço atrás de Geraldina, tentando, em vão, desconhecer seu perfume que assedia, meus olhos explorando involuntariamente suas costas enlutadas, e em todo caso surpreendendo, detrás do luto, as pernas, as sandálias, o rutilante movimento de seu corpo, sua vida inteira difundindo e proclamando, detrás dos véus da fatalidade que lhe coube padecer neste mundo, o talvez inclemente desejo de ser possuída o quanto antes, ainda que seja pela morte (eu mesmo?) para se esquecer um instante do mundo, ainda que seja pela morte.

Eu mesmo.

Assim avançamos em silêncio, contornamos a piscina vazia, suja de cascas, sementes de laranja, esterco de pássaro. Fecho os olhos por um segundo, porque não quero me lembrar de Geraldina nua, porque deve ser por isso, sobretudo, que não quero vê-la; me é doloroso, esgotante, sem esperanças, em meio ao desaparecimento de Otilia, testemunhar que a minha mente e a minha carne se comovem e sofrem só pela presença desta mulher sozinha no mundo, Geraldina, sua voz ou seu silêncio, embora a surpreenda de luto, ensombrecida, de luto — quando se supõe que seu marido ainda não morreu.

Nós nos sentamos à mesa, diante de uma vasilha de porcelana que ofusca; o sol impregna a sala de jantar. Descubro, de repente, que ali está, à nossa espera, Hortensia, a mulher de Marcos Saldarriaga, como a continuação do pesadelo: preside a mesa e, de cara, me fala com vozes tão lastimosas, e suspira tanto que já muito tarde me arrependo de aceitar o convite para o café da manhã.

— Cuide-se, professor — diz —, para que quando a Otilia voltar não o veja assim, desarrumado.

Fica me observando por um momento:

— Porque Deus a ajudará a voltar. Se a Otilia tivesse morrido, já a teriam encontrado. Isso quer dizer que continua viva, professor, o mundo sabe disso — estica o braço e pousa a mão gorda e pequena, branquíssima, um instante, na minha mão —; veja, estou lhe falando com franqueza: se levaram meu esposo, que não podia caminhar de tão gordo que era, duas vezes mais gordo do que eu — aqui sorri, aflita —, como não podiam levar a Otilia, que não era, ou não é, perdão, nem tão velha nem tão gorda. Espere notícias dela, chegarão, cedo ou tarde. Já lhe dirão quanto querem. Mas, enquanto espera, o senhor se cuide, professor, por que não corta o cabelo?, não perca a fé, não se esqueça de comer e de dormir, sei por que estou dizendo isso.

A mesa está servida; não parece incluir um café da manhã normal, e sim o almoço e o jantar. O menino se senta ao meu lado, os olhos enlouquecidos, o gesto de um morto-vivo: é mais terrível olhá-lo, porque é um menino.

Geraldina me mostra a mesa.

— Veja, professor. A Hortensia nos trouxe estas lagostas.

— Lagostas que me deram — replica Hortensia, como se se desculpasse, e vejo que engole saliva. — Foi a lembrança do almoço com o general Palacios. Enviaram, para o aniversário dele, cento e vinte lagostas vivas. Trazidas do Canadá, vivas. Suponho que devam ter viajado com todos os cuidados.

— E tem banana empanada, professor — interrompe Geraldina. — Este prato fui eu que fiz. O senhor sabe, professor, prepara-se com banana bem madura, dessa tão preta que já destila mel, põe-se para fritar, depois de recheá-la com queijo, de passá-la por uma papa de ovos, leite e farinha...

— Só um café preto — digo a Geraldina —, por favor.

Não sei de que me falam estas mulheres. Não sinto o menor apetite. A única desculpa que encontro para esconder o cansaço de tudo e de todos é me dirigir ao menino, fingir que me interesso por ele. Afinal de contas, minha vida não se desvaneceu rodeado de meninos, lidando com eles, alegrando-me e sofrendo por eles? Agora me encontro com ele. Eu o recordo rolando nos jardins da sua casa, sua memória de brincadeiras, de felicidade, por que não fala? Já passou um tempo suficiente, não está um menino mimado demais, agora?, não está merecendo uma reprimenda, um grito, pelo menos, que o tire do devaneio? Tem um pedaço de abacaxi na mão, que se dispõe a comer. Engordou, isso sim, feito antes, ou talvez mais. Tiro o pedaço das suas mãos, para sua surpresa, para surpresa de sua mãe, e lhe digo: "E a Gracielita, onde está?". Ele me olha estupefato, por fim olha para alguém, acredito. "Bom", digo-lhe, colocando a minha cara quase em cima da sua, "agora é sua vez de falar. O que aconteceu com a Gracielita, o que houve?"

O simples nome de Gracielita o sacode. Ele me olha nos olhos, me entende. Geraldina afoga um grito com sua mão. Mas o menino continua sem dizer uma palavra, embora não deixe de me olhar. "E o teu pai", pergunto-lhe, "o que aconteceu com o teu pai, como ficou?" Os olhos do menino se encharcam, agora só falta começar a chorar, e sim, será melhor, a desculpa lamentável para me levantar desta mesa absurda. O menino olha então para a gordíssima Hortensia Galindo, que parou sua mão em cima de uma das lagostas. Depois procura sua mãe, e por fim parece reconhecê-la. Então diz, como se tivesse aprendido de memória:

— O meu pai me disse para que te dissesse para nós dois sairmos daqui que recolha tudo que não espere um dia assim o meu pai me disse para que te dissesse.

As duas mulheres soltam uma exclamação.

— Irmos embora? — espanta-se Geraldina. Contornou a mesa para abraçar seu filho. — Irmos embora? — repete, e afunda o rosto, os soluços, no peito de seu filho. Mas logo parece pensar com cuidado, enquanto observa Hortensia e a mim. Encontra, certamente (descubro em seus olhos esperançosos) razões e permissão para ir embora. — Obrigada, professor, por fazê-lo falar — balbucia, e chora sem se soltar de seu filho, o que não impede que Hortensia comece a comer. Descubro o bule de café. Sirvo-me de uma xícara. Esperei muito por esse momento.

— Você se lembra de mim?

O menino assente. Desta vez sou eu quem desaba por dentro.

— Você se lembra da Otilia?

Volta a me olhar como se não me compreendesse. Não vou me derrotar.

— Você se lembra dela, ela te deu uma cocada certa manhã. Mais tarde você voltou para pedir outra cocada e ela te deu mais quatro, para o teu pai, para tua mãe, Gracielita, e a última para você, você se lembra, não lembra?

— Lembro.

— Então você se lembra da Otilia?

— Lembro.

— A Otilia estava lá para onde levaram o seu pai?, a Otilia estava com a Gracielita, com você, com os desaparecidos?

— Não — me diz. — Ela não.

O silêncio é absoluto ao redor. Vejo, sem querer, uma lagosta, rodeada de arroz, fatias de banana. Desculpo-me com as mulheres. Sinto as mesmas náuseas de quando desci da cabana do mestre Claudino. Volto pela horta até minha casa, para minha cama, de onde me tiraram, e me estico de barriga para cima, como se já me dispusesse a morrer, agora sim, e sozinho, na plenitude, embora os Sobreviventes miem a meu lado, encurvados em cima do travesseiro, "Que dia é hoje?", pergunto-lhes, "perdi a conta dos dias, quantas coisas se passaram sem que nos déssemos conta?", os Sobreviventes abandonam o quarto, fico mais só do que nunca, agora sim definitivamente só, é verdade, Otilia, perdi a conta dos dias sem você.

Segunda-feira? Outra carta da minha filha. Geraldina traz a carta, na companhia de Eusebito. Não a abro, para quê? "Já sei o que me diz", explico para Geraldina, e dou de ombros, sorrindo para mim mesmo. Sim. Sorrindo e dando de ombros, por que não leio a nona carta da minha filha, embora seja por carinho, embora saiba de antemão o que me diz? Pergunta-me por Otilia, e um dia terei que lhe responder. Hoje não. Amanhã. E o que lhe direi? Que não sei, que não sei. A carta escorrega das minhas mãos, é algo morto, aos meus pés. Estamos na horta da minha casa, sentados em meio aos escombros, Geraldina pega a carta e me entrega, eu a guardo no bolso, dobrando-a: então aparece o rosto do menino diante de mim, planta-se na altura dos meus olhos, como quando me debrucei sobre ele, na mesa.

— O senhor me perguntou por ela — diz.

— Sim — digo-lhe. Mas quem é ela?, e descubro, já muito longe, na memória: Gracielita: os dois meninos se encontravam prisioneiros.

A cara do menino se imobiliza, é uma lembrança veloz, que sobressalta Geraldina e a mim, sem saber exatamente por quê:

— Estávamos vendo uma borboleta — conta-nos. — A borboleta voou, detrás, ou em volta, não a vimos, foi embora: "Acabo de engolir a borboleta", ela me disse, "acho que eu engoli, tira ela".

Ela abria a boca por inteiro, era outra, desfigurada pelo medo, as mãos nas têmporas, os olhos desorbitados de asco, a boca mais e mais aberta, uma imensa redonda escuridão onde ele acreditou descobrir a borboleta iridescente batendo asas num céu negro, afastando-se para dentro e mais para dentro. Colocou os dedos em cima de sua língua e pressionou. Não lhe ocorreu outra coisa.

"Não tem nada", disse-lhe. "Eu a engoli, então", gritou ela. Ia chorar.

Viu seus lábios sujos do fino pozinho que as asas da borboleta soltam. Depois viu a borboleta emergir de entre seu cabelo, revoar um instante e subir para outro lado das árvores, no céu límpido.

"Ali está a borboleta", gritei-lhe, "só te roçou com as asas."

Ela conseguiu distinguir a borboleta desaparecendo. Conteve as lágrimas. Com um suspiro de alívio comprovou de novo que a borboleta voava longe, eclipsava-se, longe dela. Só então se olharam pela primeira vez, e realmente acabavam de se conhecer — em pleno cativeiro. Uma brincadeira recíproca os fez rir: brincavam ou rolavam pelo seu jardim?, juntas as caras, sem deixar de se abraçar, como se nunca mais quisessem se separar, ao mesmo tempo em que viam os homens levá-los. Mas ele contemplava seus dedos, ainda úmidos da língua da Gracielita.

— E a Gracielita? — pergunta Geraldina a seu filho, como se finalmente se desse conta disso, ou compreendesse, na última hora, que esse tempo todo só pensou no seu filho —, por que não a trouxeram?

— Ela ia vir, já tinham colocado a gente no mesmo cavalo.

A voz do menino treme, quebrada pelo medo, pelo rancor:

— Chegou um desses homens e disse que era tio da Gracielita e levou ela. Ele fez ela descer do cavalo, levou ela.

— Era só o que faltava — digo-me em voz alta —, que a Gracielita apareça de uniforme distribuindo chumbo para cima da gente, a torto e a direito, disparando tiros no vilarejo que a viu nascer.

E me lanço a rir, sem conseguir conter o riso. Geraldina me olha surpresa, com recriminação; afasta-se de mão dada com seu filho. Atravessam o rombo, desaparecem.

Continuo rindo, sentado, o rosto nas mãos, incontrolável. O riso me dói no abdômen, no coração.

Quinta-feira? O prefeito Fermín Peralta não pode voltar a San José. "Estou ameaçado", informou, e ninguém menciona por quem. É suficiente saber que continua ameaçado, para que mais? Não faz muito tempo, sua família abandonou o vilarejo para juntar-se a ele. Despacha agora de Teruel, um vilarejo relativamente seguro — comparado com o nosso, semeado de minas, e com a certeza da guerra a cada tanto.

O professor Lesmes retornou unicamente para recolher suas coisas e se despedir. Estávamos com ele, seis ou sete vizinhos, na venda do Chepe, ocupando as mesas de fora. Entre nós estava Oye, distanciado, mas alerta, sua cerveja na mão. Pelo visto, o Lesmes tinha esquecido que a mulher do Chepe e minha própria mulher acham-se sequestradas:

— Vocês souberam — perguntou-nos quase feliz — que sequestraram um cachorro em Bogotá?

Um ou outro sorriu, admirado; era uma piada?

— Vi na tevê, vocês não viram? — perguntou-nos, sem lembrar que nós, sem luz elétrica, já não tínhamos acesso ao aparelho, e que talvez por esse mesmo motivo conversássemos mais, ou fizéssemos silêncio comum, tardes inteiras, lá no Chepe.

— Pediam três milhões — continuou relatando. — A menina da família, a dona do cachorro, chorava pela televisão. Dizia que queria ser trocada pelo seu cachorro.

Nesse momento já ninguém sorria.

— E como se chamava esse cachorro? — perguntou Oye, estranhamente interessado.

— Dundi — disse Chepe.

— E? — apressou-o Oye.

— Um de raça pura, um *cocker spaniel*, o que mais você quer que te diga, a cor?, o cheiro?, era rosado, com pintinhas pretas.

— E? — continuou Oye, realmente interessado.

Lesmes olhou para nós com resignação.

— Apareceu morto — finalizou.

Oye soltou um tremendo suspiro.

— É verdade — disse Lesmes, contrariando a incredulidade de seus ouvintes —, a notícia teve audiência. Faltava isso para o país.

Um silêncio muito longo seguiu-se a suas palavras. Lesmes pediu outra rodada de cervejas. A moça que atendia as serviu, de má vontade. Lesmes explicou que viajaria num comboio militar, de volta a Teruel, e que dali seguiria para Bogotá.

— Espero que não explodam a gente no caminho — disse.

E, de novo, o silêncio, enquanto bebíamos. Eu ia me despedir quando voltamos a escutá-lo:

— É este país — disse, lambendo o escasso bigode —, se a gente fizer a chamada, presidente por presidente, todos o ferraram.

Ninguém replica nada. Lesmes, que se via com muita vontade de falar, respondeu para si mesmo:

— Sim — disse —, na hora do chá cada presidente fez cagada, à sua maneira. Por quê? Não sei, quem vai saber? Egoísmo, estupidez? Mas a história vai retirar seus retratos. Porque na hora do chá...

— Que chá, que nada — exasperou-se Chepe —; café, pelo menos.

— Na hora do chá — continuou Lesmes, impávido, deslumbrado com suas próprias palavras —, ninguém tem fé.

E bebeu sua cerveja de um gole só. Esperava que alguém dissesse algo, mas todos continuamos mudos.

— San José continua e continuará desamparada — acrescentou —; a única coisa que recomendo ao mundo é se mandar, e o quanto antes. Aquele que quiser morrer, que fique.

Continuava se esquecendo do sequestro da mulher de Chepe, que deu à luz no cativeiro. Chepe o expulsou no ato, a seu modo, com um grito, e chutou a mesa repleta de garrafas.

— Primeiro o senhor se manda da minha venda, seu filho da mãe — disse-lhe, e se atirou sobre ele. Vi, diante de mim, os demais corpos separando-os. Oye sorria sozinho, observando.

Mas Lesmes tem razão: quem quiser morrer, aqui está seu túmulo, onde pisa.

Quanto a mim, não importa. Já estou morto.

Sábado? A jovem médica também abandona San José, assim como as enfermeiras. Ninguém continua à frente do hospital improvisado. E os caminhões da Cruz Vermelha não voltaram a nos visitar, eles que abasteciam de combustível e alimentos a população. Sabemos de outra escaramuça, a alguns quilômetros daqui, pelos lados da cabana do mestre Claudino. Houve doze mortos. Foram doze. E dos doze, um menino. Não demoram a voltar, isso sabemos, e quem voltará?, não importa, voltarão.

Os contingentes de soldados, que apaziguavam o tempo em San José por meses, como se se tratasse de renascidos tempos de paz, diminuíram ostensivamente. Em todo caso, com ou sem eles os fatos de guerra sempre aparecerão, recrudescidos. Se vemos menos soldados, isso não nos é informado de maneira oficial; a única declaração das autoridades é que tudo está sob controle; escutamos nos noticiários — nos pequenos rádios de pilha, porque continuamos sem eletricidade —, lemos nos jornais atrasados; o presidente afirma que aqui não está acontecendo nada, nem aqui nem no país há guerra: segundo ele, Otilia não desapareceu, e Mauricio Rey, o médico Orduz, Sultana e Fanny, a porteira e tantos outros deste vilarejo morreram de velhos, e volto a rir, por que me dá de rir justamente quando descubro que a única coisa que eu gostaria é de dormir sem acordar? Trata-se do medo, este medo, este país, que prefiro ignorar completamente, fazendo-me de idiota comigo mesmo, para continuar vivo, ou com a vontade aparente de continuar vivo, porque é muito possível, realmente, que eu esteja morto, digo para mim, e bem morto no inferno, e volto a rir.

Quarta-feira? Duas patrulhas do exército, que operavam separadamente, atacaram-se, e tudo isso devido a um informante ruim, que avisou da presença da guerrilha nos arredores do vilarejo: quatro soldados morreram e vários ficaram feridos. Rodrigo Pinto, nosso vizinho de montanha, chegou a me visitar, assustado: disse-me que o capitão Berrío, em sua calçada, na companhia de soldados, advertiu que se encontrasse indícios de colaboradores ia tomar providências, e disse isso de visita, casebre por casebre, interrogando não só homens e mulheres como crianças de menos de quatro anos, que mal sabem falar. "Está louco", disse-me Rodrigo.

— E bem louco. Não foi retirado de seu cargo, como se pensava — digo-lhe —, eu mesmo o vi disparar nos civis.

— Louco, mas isso não nos assusta — disse Rodrigo. — Longe do vilarejo, na montanha, o que nos assusta é que continuemos vivos.

Rodrigo Pinto, que me acompanhou e ajudou a enterrar mestre Claudino, uma semana depois de eu o encontrar decapitado, morto na companhia de seu cachorro, na montanha azul, onde ainda se veem círculos de urubus ao redor, ele me jura que apesar dos pesares não vai abandonar a montanha, e que sua mulher está de acordo. "Continuaremos ali", diz. Falamos à beira do barranco, na periferia do vilarejo, onde Rodrigo escolherá o atalho que o levará à sua montanha. Ele me repete que não vai embora, como se quisesse se convencer disso, ou como pretendendo que eu ratifique seu propósito, a possível teimosia mortal de ficar. "Outra montanha seria melhor", diz, "longe, mais longe, muito mais longe." Tirou de sua mochila um frasco de aguardente e me ofereceu. Entardecia. "Está vendo essa montanha?", perguntou-me, apontando o distante pico de outra montanha, no meio das demais, mas muito mais longe, país adentro: "É para lá que eu vou. É longe. Tanto melhor. Vou até o seu cume, e ninguém vai voltar a me ver, filho da puta. Tenho um bom machado. Só preciso levar uma porca prenha, um galo e uma galinha, como Noé. E a minha mulher quer me acompanhar, a mandioca não vai faltar. Dá para ver a montanha, professor, dá para distingui-la? Bela montanha, produtiva. Essa montanha pode ser a minha vida. É que meu pai criou a gente nas montanhas Por ora continuarei na montanha vizinha, professor. O senhor a conhece, o senhor já foi, o senhor sabe que vivo lá com a minha mulher e os meus filhos; já nos nasceu o outro, já somos sete, mas que assim seja, com mandioca e cacau vamos sobreviver. Eu o espero lá, quando tiver a sua Otilia com o senhor. Depois iremos todos embora, por que não vamos todos embora?". Bebemos de novo, até o fim, e o Rodrigo joga o frasco vazio pelo vale. Mas ainda não vai embora: pétreo, os olhos postos na montanha distante. Aperta com força seu chapéu branco entre os dedos, retorce-o: é seu gesto característico. Por fim, coça a cabeça, e sua voz muda: "Sonhar não custa nada", diz, e, quase de imediato: "acordar", e começamos a rir, os dois. Foi nesse momento que o soldadinho apareceu; era, efetivamente, um rapaz, quase um menino uniformizado. Certamente havia estado todo esse tempo ao nosso lado, sem que reparássemos nele. Mas parecia perturbado e tinha o dedo no gatilho, embora a boca do fuzil apontasse para a terra. "De que estão rindo?", perguntou-nos, "por que estão rindo? Tenho cara de engraçado?" Rodrigo e eu nos olhamos boquiabertos. E voltamos a rir. Inevitável. "Amigo", eu disse ao soldado, e sofri, em meus olhos, seus olhos opacos, aguçados, "agora não vá nos dizer que não podemos rir." Dei um forte apertão de mãos no Rodrigo, despedindo-me. O Rodrigo colocou o chapéu branco e se embrenhou pelo atalho, sem se virar para olhar Um longo caminho lhe aguardava. Voltei para minha casa, com o soldado atrás, em silêncio. Senti que vigiavam o Rodrigo e, por tabela, a mim também. A só uma quadra da minha casa, outro grupo de soldados saiu ao meu encontro; voltariam a me deter, como na vez que madruguei?

— Deixem ele seguir — ouvi a voz do capitão Berrío.

Terça-feira? São outros os que vão embora: o general Palacios e sua "tropa" de animais. Oye nos disse lá no Chepe que presenciou, na base, a evacuação dos mais valiosos animais do general Palacios, de helicóptero. Desde a chegada deste general, a quem quase nunca vimos, ficamos sabendo que se dedicou de corpo e alma a formar um zoológico; um zoológico que nunca conhecemos, ou que só distinguimos fotografado em preto e branco, entre as páginas de um jornal dominical. E lemos que se tratava de sessenta patos, setenta tartarugas, dez jacarés-de-óculos, vinte e sete garças, cinco alcaravães, doze capivaras, trinta vacas para ordenha e cento e noventa cavalos nos cem hectares da guarnição militar de San José, sob a custódia do general e seus homens. Que militares enfermeiros atendem a esse contingente bípede e quadrúpede. Que todas as manhãs, na companhia de seu cachorro de raça trazido dos Estados Unidos, o general percorre a guarnição para supervisionar de perto seus animais. Que uma arara foi de sua predileção: tão mimada que um oficial foi designado como responsável por sua alimentação, mas tão inquieta que morreu eletrocutada nas grades que rodeiam a guarnição. Desde que era coronel, Palacios se dedicava aos animais. Assegura também que plantou mais de cinco mil árvores, "Como se ele as tivesse plantado sozinho", Oye nos diz, e nos diz, além disso, que viu Hortensia Galindo e seus gêmeos abandonarem o vilarejo num desses helicópteros de carga, repleto de animais.

— Bom dia, professor. Venho para me despedir.

Na porta, Gloria Dorado, um chapéu de pano na cabeça, os olhos avermelhados pelas lágrimas. Tem em suas mãos uma gaiola de madeira, com um corrupião dentro.

— Quero deixá-lo de lembrança, professor, para que cuide dele.

Recebo a gaiola. Pela primeira vez recebo uma gaiola de lembrança: tão logo ficarmos sozinhos eu te soltarei, pássaro, como poderia cuidar de você?, mal posso comigo.

— Entre, Gloria. Vamos tomar um café.

— Já não tenho tempo, professor.

— E a sua casa? O que vai ser da sua casa?

— Eu a confiei à Lucrecia, para o caso de eu voltar. Embora bem possa acontecer que ela também vá embora, claro. Mas a casa serve para ela, ela tem cinco filhos, eu nenhum, professor. E ainda bem que não tenho.

— Não diga desta água não beberei, Gloria, que você é jovem e bela. Tem o mundo pela frente.

Sorriu com pena.

— Resta-lhe humor, professor. Olha, eu gosto muito de vocês dois e sei que a Otilia volta, juro.

— O mundo inteiro me diz isso.

Não posso evitar o abatimento na voz; gostaria que Gloria não tivesse vindo para me repetir isso. Ela não se apercebe:

— Sonhei que via vocês caminhando juntos, no mercado. Eu me sentia feliz e ia cumprimentá-los, eu dizia para o senhor: "Eu não lhe disse? A Otilia retornaria sã e salva".

Sorri, eu sorrio, e devo confessar que seu sonho me deixa vulnerável; vamos chorar?, era só o que me faltava.

— Deus queira — digo, a gaiola pendurada na minha mão: o corrupião salta de um lado a outro, pousa no diminuto balanço de bambu e começa a cantar: talvez pressinta meu oculto propósito de libertá-lo. — E como você vai embora, Gloria? — pergunto-lhe, e já não posso olhá-la nos olhos. — Há isso que chamam de "barreira armada" na estrada. Qualquer veículo é dinamitado, seja ou não particular, e às vezes com os ocupantes dentro. Não há transporte seguro.

— Um tenente se ofereceu para nos levar, meu irmão e eu, até El Palo, em seu caminhão, com os soldados. Lá encontrarei transporte que me leve para o interior.

— Viajar num caminhão assim será tão ou mais perigoso. Você vai se expor, Gloria. Não pense em se disfarçar de soldado, como é que esse tenente vai levá-la, colocando você em risco?

— Me contou, como um segredo, que o caminhão irá protegido por aviões de guerra. Vão limpar nosso caminho, professor.

— Tomara.

— E eu correrei mais perigo aqui — me diz Gloria, seus olhos se embaçam; sussurra-me — quando souberem que o Marcos apareceu morto. A Hortensia não vai me perdoar, dirá que sou a culpada, dirá que sou a assassina.

Agora começa a chorar, abraça-se a mim, e eu a abraço, rodeando-a com a gaiola em minhas mãos.

— Apareceu numa vala, a meio quilômetro daqui. Demoraram a reconhecê-lo. Segundo me disse o tenente, estava morto havia dois anos, pelo menos, na intempérie, na vala.

— Gloria. Mais outro morto, à força. Para vergonha dos vivos.

— Está vendo, professor? Não quiseram ajudá-lo. Ninguém se dignou a mover um dedo pela sua libertação. Essa mulher não soltou um só peso pelo seu marido. Eu não tinha dinheiro, só essa casinha que ele me deixou. Mas para ela, de que lhe servirá o dinheiro? Não demoram em levá-la também.

Não quero lhe contar que a Hortensia Galindo já abandonou San José, e de helicóptero.

— Coitado deste país, pobre em sua riqueza, Gloria. Que dê tudo certo para você, reinicie a vida, o que mais posso dizer?

— Como se diz, volte a nascer — sorri —, é isso o que me aconselha?

E se separa de mim. Me deixa impregnado do perfume fecundo, tórrido, revolto com o cheiro de suas lágrimas.

— Parto — diz —, meu irmão me espera.

E deixa a casa. Eu fecho a porta.

Vou embora, gaiola na mão, até a horta. Uma espécie de desgosto me invade: que não venham as mulheres belas a esta casa, que não me afundem na dor de vê-las, caralho. Ponho a gaiola em cima do tanque de pedra e abro a minúscula porta de bambu.

— Voa, corrupião — grito para o pássaro —, voa rápido, ou os Sobreviventes aparecem e se encarregam de você.

O pássaro fica quieto, diante da porta aberta.

— Não vai voar? Você vai ver. Há gatos aqui.

O pássaro continua imóvel. Será que cortaram suas asas? Amparo-o com a mão e o tiro da gaiola. É um lindo corrupião, suas penas iluminam, suas asas não são nada curtas.

— O céu te dá medo? Começa a voar, Deus — e o jogo para o céu. O corrupião estende, surpreendido, as asas ainda intumescidas e, a duras penas, pode amortizar a queda. Em seguida dá um pulo, dois, e finalmente voa, como se saltasse, até o muro. Ali, de novo fica quieto, o que procura?, é como se voltasse a olhar para mim, para a gaiola.

— Que belo pássaro — diz uma voz. É Geraldina, aparecendo no rombo do muro. Geraldina de preto. Já não consigo me lembrar dela nua.

— Um corrupião — digo.

E ambos o vemos voar, perder-se no céu.

Outra vez sentados no meio dos escombros, um junto ao outro, seu semblante ao meu lado me encerra, sem apartar os olhos do céu; "eram outros tempos", digo-lhe, e posso acredtar que sabe a que me refiro, ela passeando nua pela sua horta, eu debruçado no muro, solta uma exígua gargalhada e reaparece o mesmo rosto pensativo, os olhos no céu que se carrega de nuvens, os olhos nas nuvens sem céu, vejo uma mão em seu joelho, é a minha mão no seu joelho, a que horas pus minha mão no seu joelho?, mas ela não replica, é como se tivesse pousado em sua perna uma folha de árvore murcha, um inseto abominável, mas inócuo, e segue falando, desde quando?, de suas negociações com aqueles que têm seu marido como prisioneiro, ou lhe parece muito natural a mão de um velho de repente no seu joelho, a velhice tem sua liberdade, ou simplesmente a única coisa que lhe interessa neste mundo é o pagamento do resgate, empresa na qual se meteu, respaldada por um irmão seu, de Buga, é isso, Ismael, com razão não vê a minha mão no seu joelho, assegura que lhes deu tudo o que tem, diz que é sua encruzilhada, o senhor não se preocupe, professor, é minha en-cruzilhada. Depois fica me olhando com atenção, como se adivinhasse ou acreditasse adivinhar meu pensamento, por acaso descobriu minha mão no seu joelho?, já sabe que só penso no seu joelho?, o contato, a chama?, "Não, professor", ela me diz, "eles não estão com a Otilia, eu perguntei a eles".

— Otilia — digo.

Agora me conta que nem sequer pôde reunir a metade do que estão pedindo. "Não entrega para a gente nem sequer a metade", disseram-lhe, "não fez nenhum favor a seu marido", e me conta, a boca franzida num ricto desconhecido, é alegria?, que até lhe disseram: "Bem se vê que não gosta dele".

Ela me conta: "Sentia seus olhares em toda a minha carne, professor, como se quisessem me comer viva".

Deram-lhe quinze dias para pagar o resto, ou seja, hoje, professor, vencem hoje, eu lhes disse que estava de acordo, e os adverti de que o trouxessem com eles, como tinham me prometido desde antes, uma promessa que não cumpriram. "E daí se nós o tivéssemos trazido?", responderam-me, "teríamos que levá-lo outra vez, isso se não ficássemos com preguiça, entende?, sua morte seria culpa sua, por não cumprir o combinado." Voltei a lhes dizer que o trouxessem, vê-lo, falar com ele, e lhes disse: "Já lhes dei o que eu tinha, agora terei que procurar quem me empreste, e se não me emprestarem, estarei aqui, de toda forma, com meu filho".

"Como não lhe emprestam?", disseram. "Você vai ver."

Geraldina se vira para me consultar com um olhar estupefato, atemorizado; não sei o que lhe dizer; nunca pude ver a cara dos sequestradores; sabe-se lá que gente é essa.

Só conheci o irmão de Geraldina; o vi chegar de Buga num automóvel, numa noite de chuva; alto, calvo, preocupado; pôde atravessar os últimos trechos da estrada com um salvo-conduto especial da guerrilha; eu o havia ouvido assobiar três vezes e apareci na janela: Geraldina saiu, com uma vela na mão; abraçaram-se. E se enfiaram na casa carregando, ambos, com esforço, uma enorme sacola de plástico preto, com o dinheiro de Geraldina em espécie, o dinheiro dela e do seu marido, me disse com fúria intempestiva, dinheiro de anos de trabalho conjunto, professor, honesto.

Na mesma noite de sua chegada, o irmão da Geraldina, uma sombra assustada, abandonou San José assim como chegou, em seu carro, sob a chuva, e o salvo-conduto grudado por dentro do para-brisas como se se tratasse de uma bandeira. Discutiu com Geraldina sobre a conveniência de deixar Eusebito com ela. Geraldina estava disposta a que o levassem, mas o menino queria continuar com sua mãe, "Eu lhe expliquei ao que estava se expondo, expliquei a ele como a um homenzinho", orgulha-se Geraldina, em sua candidez, "e o Eusebito não teve dúvida: com seu pai e sua mãe até a morte". A boca de Geraldina se entreabre, os olhos se afastam mais no céu: "Já não tenho um centavo, professor, vou dizer isso a eles, terão que se apiedar, e se não se apiedarem, pois que façam o que quiserem, que me levem com ele, é preferível isso, os três na mesma, como quis a vida, do que esperar anos sem saber até quando, e o Eusebito vai comigo, essa é a minha última carta, se apiedarão, tenho certeza, eu já lhes dei tudo, não estou escondendo nada".

Agora Geraldina se pôs a chorar: pela segunda vez neste dia, uma mulher chora nesta casa.

E enquanto chora vejo a minha mão no seu joelho, sem olhá--la realmente — descubro isso, num segundo —, mas de repente eu a vejo, minha mão continua no joelho de Geraldina, que chora e não vê ou não quer ver a minha mão no seu joelho, ou a está vendo agora, Ismael, à tua ruindade só importa seu joelho, nunca as lágrimas pelo marido desaparecido, nem sequer a insensata mas irrefutável alegria de Geraldina: dizer que seu filho, como um homenzinho, os acompanhará, aconteça o que acontecer, e dizê-lo sem que sua voz se quebre, o que seu marido vai pensar?, grande decepção, "recolha tudo e se mande", algo assim Eusebito disse que o seu pai havia dito, a voz delirante de Geraldina me comove, os dois no meio das ruínas, entre despojos de flores, os dois idênticos.

— A Hortensia me ofereceu para sair com ela de helicóptero, professor. Claro que não vou fazer isso, já não poderei. Mas hoje não posso negar: estou com medo.

Ficou olhando minha mão no seu joelho.

— O senhor — disse, ou me perguntou.

— Sim?

E de novo a fugaz gargalhada:

— Não vai morrer, professor?

— Não.

— Veja como está tremendo.

— É a emoção, Geraldina. Ou é minha luxúria, como dizia a Otilia.

— Calma, professor. Fique com o amor. O amor pode sobre a luxúria.

E afastou, com delicadeza, minha mão do seu joelho. Mas continuou quieta, sentada ao meu lado.

Seu filho a chamou, do outro lado do muro: parecia que acabara de cair na piscina vazia, ou tratava-se de uma brincadeira?, sua voz soava como se acabasse de cair na piscina, e depois um grito, nada mais. Geraldina voltou de imediato, agachando-se por entre o rombo do muro, seu corpo como que lavrado no luto. Não a segui: outro o teria feito, eu não, já não: para quê? Além disso, sentia fome, fome pela primeira vez, desde quando não comia?, fui para a cozinha e procurei a panela de arroz: dava para um prato, os grãos estavam duros, envoltos em mofo, ressequidos. Comi com a mão, frios, borrachudos, e assim continuei sentado por um tempo, diante do fogão. Desde muito antes, os Sobreviventes não apareciam pela casa, certamente pela falta de comida, de atenções. Teriam que se virar sozinhos. Mas faziam falta seus miados e seus olhos, que me aproximavam de Otilia, me acompanhavam: pensar neles foi como invocar sua lembrança, palpável, na cozinha, onde um filete de penas, como os rastros das fábulas, conduziu-me até o meu quarto: ali, aos pés da cama, jaziam dois pássaros destroçados, e, em cima do travesseiro, restos de mariposas pretas, oferenda alimentícia que os gatos me deixavam. "Só me faltava isso", pensei, "que os meus gatos me alimentem: se eu não me ocupava de seu almoço, eles se ocupariam do meu. Se não tivesse comido esse arroz, com a fome que eu sentia, não duvidaria em acabar de depenar os pássaros e assá-los." Recolhi os pássaros, as mariposas, varri as penas, depois quis dormir, estiquei-me de bruços, acho que já ia dormir quando um grito de mulher, lá da rua, me chamou, todo mundo está gritando, eu disse, e saí de casa com se me debruçasse no inferno.

UMA MULHER CORRIA, apertando o avental contra as coxas — ou limpando as mãos no avental —, do que fugia?, não fugia, corria, porque queria ver. "Ficou sabendo, professor?", me disse. Eu a segui. Eu também queria ver. Chegamos na venda de Chepe, e ali, sentado no corredor, diante das mesas desarrumadas, como se um vendaval as tivesse varrido, Chepe apertava a cabeça nas mãos, rodeado de curiosos. "Com certeza encontraram a mulher dele, mas morta", pensei ao olhá-lo no meio do desespero: não fazia calor; um vento que não era natural respondia ao rouco gemido de Chepe, e a poeira se amontoava ao redor dos seus sapatos. A rodinha de homens e mulheres continuava à espera: era um silêncio como que despedaçado, porque voltaram as perguntas, os tímidos comentários. Também mergulhei nas averiguações: nessa madrugada, acabavam de entregar a Chepe, por debaixo da porta, como uma advertência definitiva, os dedos indicadores da sua mulher e da sua filha num saco ensanguentado. Ali, ao lado das mãos de Chepe, vejo o saco de papel, manchado. Quero fazer companhia a Chepe, mas dentre os presentes Oye se aproxima de mim e me segura pelo braço. A última coisa que quero é conversar com Oye, e nessas circunstâncias, mas seu rosto pasmo, suas mãos que me rodeiam, me convencem; lembrei de como se compadecera na última vez que falei com ele, de semelhante maneira, sem lembrar quem era, e por quê. "Professor", me disse ao ouvido, "não mataram o senhor enquanto dormia?" "Claro que não", pude dizer quando me restabeleci da pergunta. E tratei de rir: "Não está vendo que estou com você?". E, no entanto, ficamos nos olhando por um segundo, como se não acreditássemos. "E quem ia me matar", perguntei-lhe, "e por quê?" "Isso me contaram", respondeu. Não estava bêbado ou drogado. Pálido, seu olho bom piscava, sem desviar dos meus olhos. Suas mãos não deixavam de me agarrar pelo braço. "Que brincadeira é essa?", perguntei-lhe, e ele: "Então está vivo, professor". "Ainda", eu lhe disse. E ele, sem que viesse ao caso: "Sabe de uma coisa?, eu não matei ninguém". "Como é?", perguntei-lhe. Ele me disse: "Pura mentira, para atrair clientes". Dificilmente pude lembrar a que ele se referia. "Pois você os afastou", eu disse, "todos pensávamos que você fatiava pescoços", e tirei meu braço de suas mãos. Ninguém nos escutava. "Fico contente de que esteja vivo, professor", continuou me dizendo. Tinha o gesto de um menino repreendido, provocava uma pena inexplicável. Ali o deixei, com sua pergunta inaudita, seu olho que piscava; deu as costas para as pessoas e se afastou; eu me esqueci dele. "De maneira que me mataram enquanto eu dormia", disse em voz alta, e por um instante me convenci de estar contando isso para Otilia: "Nunca tive essa felicidade".

Chepe agarra o saco e se ergue, os lábios distendidos como se risse do espanto. E caminha depressa, seguido por homens e mulheres. Para onde? Eu também sigo atrás dele, como os demais.

Para algum lugar tem que ir. "Vai para a delegacia de polícia", adivinha alguém.

"Para quê?", diz outro.

"Para perguntar para eles", dizem.

"Perguntar para eles o quê? Não vão lhe responder."

"O que podem responder?"

Em meio a esse círculo de corpos, de rostos que nada compreendem, e que se dispõem a não compreender nada, ao redor da porta da delegacia, eu me vejo, outro corpo, outra cara atônita. Como que de comum acordo permitimos que Chepe entre sozinho. Entra, e sai quase de imediato, o rosto transtornado. Entendemos sem necessidade de escutá-lo: não há um só policial na delegacia, para onde eles foram? Já nos parecia estranho que não encontrássemos um ou outro agente na entrada: pela primeira vez, percebemos que este silêncio é demais em San José, uma nuvem de alarme nos percorre a todos, por igual, em todas as caras, nas vozes descoloridas. Lembro que Gloria Dorado ia embora num caminhão com soldados, por acaso era o último caminhão?, não nos disseram nada, nenhum aviso, e todos parecem pensar o mesmo que eu, à mercê de quem ficamos?

Apenas agora descobrimos que as ruas vão sendo invadidas por lentas figuras silenciosas, que emergem imprecisas do último horizonte das esquinas, assomam aqui, acolá, quase indolentes, esfumam-se às vezes e reaparecem, numerosas, lá das margens do barranco. Então nós, que rodeamos Chepe, empreendemos a retirada, também de maneira lenta e silenciosa, cada um para seus problemas, para suas casas, e, o que parece extraordinário, o fazemos realmente como a coisa mais natural do mundo. "Todos para a praça", um dos capangas grita para a gente, mas é como se ninguém o escutasse: caminho ao pé de um casal de vizinhos, sem reconhecê-los, e sigo ao lado deles, sem me importar em averiguar em que direção. "Eu disse todos para a praça", ouve-se de novo a voz, em outro lugar. Ninguém liga, ouvimos nossos passos cada vez mais apressados: de um instante a outro, as pessoas correm, e eu com eles, este velho que sou, afinal de contas estamos desarmados — digo, o que poderíamos fazer?; eu disse isso em voz alta e com raiva, como se me desculpasse perante Otilia.

Nós que estávamos com Chepe já não o vemos, mas então o ouvimos: aos gritos, aos berros, berros como de um porco próximo do sacrifício, arrepiantes, porque são de um homem aterrorizado, está perguntando aos invasores se são eles que estão com sua esposa e sua filha, se foram eles que enviaram, nesta madrugada, os dedos da sua esposa e da sua filha, isso pergunta para eles e nós nos detemos, uma maioria, como uma trégua, em diferentes esquinas, ninguém pode acreditar, o vento continua empurrando nuvens de poeira sobre os degraus, o sol se esconde atrás de uma junção de nuvens, pode ser que chova, penso: se mandasse um dilúvio, Senhor, e asfixiasse todos.

Não vemos Chepe, ou eu não o vejo. Os corpos imóveis de homens e mulheres, os corpos dos invasores, impedem vê-lo, mas, sim, ouvimos sua voz, que repete a pergunta, dessa vez seguida por maldições e acusações, de Chepe, a despeito de nós, a despeito dele, porque se ouve um disparo, "Agora foi a vez do Chepe", diz o homem que está ao meu lado, a mulher já está correndo, e depois o homem, e outra vez o mundo, em distintas direções, mas ninguém solta um grito, uma exclamação, todos em silêncio, como se pretendessem não fazer barulho enquanto correm.

"Que para a praça que nada, caralho", diz outra voz. Os uniformizados também correm, cercando as pessoas, como se fôssemos gado, ninguém pode acreditar, mas toca acreditar, senhor, toca acreditar: o casal do meu lado encontra, finalmente, sua casa, para lá da igreja. Quero entrar com eles, o homem me impede, "O senhor não, professor", diz, "vá para sua casa ou o senhor vai nos meter em problemas". O que está me dizendo, penso, e vejo sua enorme cabeça de perfil, os olhos assustados, e as mãos de sua mulher brotam e o ajudam e fecham a porta no meu nariz. O homem não quer permitir que eu entre na sua casa, esse é o seu medo, sou alguém que pode metê-lo em problemas, disse. Volto a ficar sozinho, aparentemente, não vá perder, Ismael, a memória das ruas para voltar para sua casa. Em vão olho para todas as esquinas: são a mesma esquina, o mesmo perigo, eu as vejo idênticas. De qualquer uma delas, pode aparecer outra vez a desgraça. Dirijo-me a qualquer uma delas, não vá se enganar de caminho, Ismael: retorno como se caminhasse tateando em direção à minha própria casa, durante uma longa noite, é extraordinário, a rua está sozinha; só eu, à beira de portas e janelas trancadas. Disponho-me a golpear o batente fechado de uma dessas janelas, não é aqui que mora o velho Celmiro, mais velho do que eu, um amigo?, sim, descubro, aliviado, é um milagre de Deus, a casa do

Celmiro, o Celmiro vai me deixar entrar. E bato no amplo batente de madeira: uma lasca fere meu punho, mas ninguém abre a janela, sei que é a janela do quarto do Celmiro. Escuto um pigarro, lá de dentro, e ponho meu ouvido na fenda.

— Celmiro — digo. — É você? Abre a janela.

Ninguém responde.

— Ismael? Não tinham te matado enquanto você estava dormindo?

— Claro que não, quem inventou isso?

— Eu ouvi.

— Abre rápido, Celmiro.

— E como você quer que eu abra, Ismael? Estou morrendo.

Continuo sozinho no meio da rua. E, o que é pior, não tenho forças para continuar fugindo. O clamor sobe, me parece, aproxima-se de algum lugar, não demora a me envolver.

— O que está acontecendo lá fora, Ismael? Escutei tiros e gritos, estão dançando nas ruas?

— Estão matando, Celmiro.

— E você, também te colocaram para dançar?

— Certamente.

— O melhor é você ir para sua casa, não posso me mexer. Estou com metade do meu corpo paralisado, você não sabia?

— Não.

— Você também não sabia o que os desgraçados dos meus filhos fizeram? Me deixaram aqui, jogado. Colocaram do meu lado uma panela de arroz e banana frita, um tacho com fígado e rins, e depois me deixaram aqui, jogado. Juntaram, isso sim, muita carne, para que eu coma, mas o que eu vou fazer quando acabar? Desgraçados.

— Abre pelo menos a janela. Eu me enfio pela janela. Nós nos defenderemos.

— E nos defenderemos de quem?

— Eu estou dizendo que estão matando as pessoas.

— Com toda a razão me abandonaram.

— Abre essa janela, Celmiro.

— Eu não te disse que não posso me mexer? Uma trombose, Ismael, sabe o que é isso? Eu sou mais velho que você. Olha só, no final das contas: em plena rua, e dançando.

— Abre.

— Mal posso esticar este braço direito, pegar um pedaço de carne, o que vou fazer quando sentir necessidades?

— Já estão chegando, estão atirando para todos os lados.

— Espera.

Passa um tempo. Escuto que alguma coisa cai do outro lado.

— Caralho — escuto o Celmiro.

— O que está acontecendo?

— A frigideira com os rins acaba de cair. Se um cachorro se enfiar nesta casa, não poderei espantá-lo. Comerá tudo.

Está chorando ou xingando.

— E a janela, Celmiro?

— Não alcanço.

— Abre, você pode.

— Corra, Ismael, corra para qualquer lugar, por Deus, se é verdade o que você está me dizendo, mas não fique aí parado, perdendo tempo. Um cachorro vai se enfiar aqui, cedo ou tarde, comerá tudo, terei que urinar na cama?

— Adeus, Celmiro.

Mas continuo quieto. Já não escuto o clamor. Tentarei me arrastar, pelo menos. Não tenho forças para sair correndo, como o Celmiro aconselha.

— Os seus filhos vão voltar — eu lhe digo, despedindo-me.

— Foi isso que me disseram, mas por que toda esta comida do meu lado, para que eles a deixaram, eles se mandaram de San José, me abandonaram. São uns desgraçados.

Eu me apoio na fachada de cada casa, para avançar. Descubro de repente, é o clamor, congelado; não estou sozinho na rua: as vozes compactas retornam, viro ao redor, são vozes que se torcem e retorcem, nem muito perto nem muito longe, um rio em todos os lugares, e as surpreendo, físicas, a duas esquinas de distância: eu as vejo passar, um pequeno tumulto de caras violáceas e bocas abertas, de perfil; não vejo quem grita, passam como uma vertigem no meio do efêmero clamor, pois já não se escuta nada, apenas o mais íntimo clamor, um suspiro quase inaudível; agora os perseguidores aparecem, e os últimos deles giraram na minha direção, o fazem correndo, avançam para mim, me descobriram?, revistam, procuram, a só meia quadra de distância, apontam com suas armas em todas as direções, querem disparar, vão disparar para o ar, ou vão disparar em mim?, apontam com suas armas para todos os lados, querem disparar, me deixo escorregar no degrau e ali fico encolhido, como se dormisse, finjo-me de morto, estou morto, não sou um adormecido, é, na realidade, como se meu próprio coração não palpitasse, nem sequer fecho os olhos: deixo-os perfeitamente abertos, imóveis, imersos no céu de nuvens amontoadas, e escuto o ruído de botas, próximo, idêntico ao medo, como se o ar em volta desaparecesse; um deles deve estar me olhando, agora me examina da ponta dos sapatos até o último fio de cabelo, afinará sua pontaria com meus ossos, penso, a ponto de me provocar eu mesmo o riso, outra vez livre e simplesmente como qualquer espirro, em vão aperto os lábios, sinto que soltarei a gargalhada mais longa da minha vida, os homens passam ao meu lado como se não me vissem, ou me imaginassem morto, não sei como pude prender a gargalhada na ponta da língua, a gargalhada do medo, e só depois de um minuto de morto, ou dois, inclino a cabeça, movo o olhar: o grupo se perde correndo em torno de uma esquina, escuto as primeiras gotas de chuva, gordas, isoladas, caírem como grandes flores enrugadas que explodem no pó: o dilúvio, Senhor, o dilúvio, mas as gotas cessam de imediato e eu mesmo digo para mim Deus não está de acordo, e outra vez a risada na ponta da língua, na ponta da língua, é a sua loucura, Ismael, digo, e a risada cessa dentro de mim, como se eu me envergonhasse de mim mesmo.

— Não precisa matar este velho, não estão vendo? Parece morto.
— Vamos meter chumbo nele, do bom?
— Não é o mesmo velho que a gente viu morto faz um minuto? É, o mesmo. Olha só que rosado, não cheira a morto, talvez seja um santo.
— Ei, velho, você tá vivo ou tá morto?
Não me encontrava sozinho. Eles estavam ali, às minhas costas. O homem que disse isso pôs a boca de um fuzil no meu pescoço. Ouvi que dava risada, mas continuei quieto.

— E se a gente fizer cosquinha nele?

— Não, não se faz cosquinha nos santos. Mais tarde veremos, velho, já não estaremos de bom humor.

— Melhor a gente meter chumbo nele.

— Se vão me matar, me matem já.

— Você ouviu? O morto falou.

— Eu não disse?, um santo, um pequeno milagre de Deus. Está com fome? Não quer um pedaço de pão, santo? Pede para Deus.

Vão embora. Acho que vão embora.

Deus, pão?

Comida de vermes.

Não. Não vão embora.

Eu me sobressalto, sem olhá-los diretamente. Eu os sinto retornar, com lentidão de séculos, ao meu lado. Algo abominável se decide entre eles. Arrastam e deixam cair, ao meu lado, um corpo. Deve estar bem ferido: a cara e o peito banhados em sangue. É alguém do vilarejo, que eu conheço, mas quem?

— Bom — me diz um dos homens.

Bom?

E o homem:

— Faça o favor de matá-lo.

Ele me estende uma pistola, que não recebo:

— Nunca matei ninguém.

— Me mata, papai — grita o ferido, com esforço, como se já falasse comigo de muito mais longe, e fica de lado, tratando, em vão, de me olhar nos olhos; as lágrimas o impedem, o sangue que cobre seu rosto.

— Mate você — digo para o que me estende a pistola —, não vê que está sofrendo? Acabe o que começou.

Eu me levanto como posso. Nunca me senti mais pesado do fardo de mim mesmo; meus braços se dobram, minhas pernas; mas ainda tenho forças de afastar com a mão a pistola que me oferecem, forças de desprezar a ponta da pistola que não deixa de apontar para mim.

Começo a me afastar outra vez, tateando; fujo com uma lentidão desesperadora, porque o meu corpo não é meu, para onde estou fugindo?, para cima, para baixo.

E escuto o disparo. Passa perto de mim, sinto-o assobiar por cima da minha cabeça; e depois outro tiro, que pega na terra, a centímetros do meu sapato. Paro e viro para olhar. Fico espantado que não sinta medo.

— É isso o que me faz começar a gostar de você, velho, porque não treme. Mas já sei por quê. O senhor não é capaz de se dar um tiro, não é mesmo? Quer, isso sim, que o matemos, que lhe façamos este favor. E não vamos lhe dar esse gosto agora, não é?

Os outros repetem que não, rindo. Ouço depois o gemido do ferido, ouço como um débil relincho. De novo sigo minha marcha, aos trancos.

Outro disparo.

Dessa vez não ia dirigido a mim.

Eu me viro para olhar.

— Quem é esse velho filho da mãe? — continuam dizendo.

— Ouça, velho, quer que a gente faça tiro ao alvo com você?

— Aqui — digo, e aponto o coração.

Não sei o que lhes causa graça de novo: a minha cara?, outra gargalhada me respondeu.

Onde estou? Não só escuto outra vez o confuso clamor, que sobe e mergulha de tanto em tanto, e os tiros, indistintos, como também o grito de Oye, que enlouqueceu — suponho, assim como eu vou ficar louco, assim como o mundo —, mas como pretende vender suas empanadas no meio desta calamidade?, digo para mim ao escutar o "Oyeee" que se instala em todos os cantos, incrivelmente nítido, como se o próprio Oye estivesse em cada esquina: não consigo reconhecer o vilarejo agora, é outro vilarejo, parecido, mas outro, transbordante de artifícios, de estupefações, um vilarejo sem cabeça nem coração, que esquina deste vilarejo escolher?, o melhor seria seguir uma mesma direção até abandoná-lo, serei capaz? Agora descubro que não é só a fadiga, a falta de afinco, o que me impede de avançar. É o meu joelho, outra vez. Contra a velhice não há remédio, mestre Claudino, que descanse em paz.

Na altura da escola encontro um grupo de gente caminhando em fila, em direção à estrada. Estão indo embora de San José: devem ter pensado o mesmo que eu; são um grande pedaço de vilarejo que se vai. Lentos e maltratados — homens, mulheres, velhos, crianças —, já não correm. São uma sombra de caras em suspenso, diante de mim, as comadres rezam aos balbucios, um que outro homem teima em transportar os pertences de mais valor, roupa, víveres, até um televisor, e o senhor não vai embora, professor? Não, eu fico — escuto a mim mesmo resolver. E aqui fico entre a sombra quente das casas abandonadas, as árvores mudas, eu me despeço de todos agitando esta mão, eu fico, Deus, eu fico, eu fico porque só aqui eu poderia te encontrar, Otilia, só aqui eu poderia te esperar, e se você não vem, não venha, mas eu fico aqui.

— Se cuida, professor — me disse o mesmo homem que me fechou a porta da sua casa, quando fugíamos.

Não é a primeira vez que vem me oferecer esse conselho.

O homem insiste:

— Eles têm uma lista de nomes. Ferram com todo mundo que descobrem, sem mais nem menos.

— Professor — decide-se outro —, mencionaram o senhor na lista. Estão procurando o senhor. Melhor vir com a gente, e fique calado.

É uma surpresa. Estão me procurando. Fico contemplando o que falou: um dos filhos de Celmiro.

— E o seu pai? — pergunto-lhe. — Você o deixou?

— Não quis vir, professor. Nós queríamos trazê-lo carregado, mas ele disse que preferia morrer onde nasceu, em vez de morrer em outro lugar.

E me olha nos olhos, sem pestanejar. Sua voz fraqueja:

— Se ele também disse para o senhor que nós, seus filhos, somos uns desgraçados, não é verdade; ele gosta de se lamentar. Vá e comprove, professor. A casa está aberta. Não permitiu que o carregássemos.

Em quem acreditar?

Com o filho de Celmiro são três, apenas, os vizinhos deste vilarejo que continuam junto a mim. Mas começam a me apressar, irritados.

— Venha com a gente, professor. Não seja teimoso.

— E como? — digo-lhes, mostrando o inchaço do meu joelho. — Mesmo que quisesse, não poderia.

O filho de Celmiro dá de ombros e continua andando rápido, atrás do grupo que se afasta. Os outros dois suspiram, balançam a cabeça.

— Não demoram a aparecer, professor. O senhor não diga quem é. Ninguém vai reconhecê-lo.

— E o Chepe? — pergunto-lhes. — Afinal, o que aconteceu? Eu não vi o que aconteceu.

— Nunca o vimos.

— Quem vai enterrar os mortos? Quem enterrou o Chepe?

— Nenhum de nós o enterrou.

E posso ouvir que falam entre si, com ironia:

— Deve ter sido um deles.

— Aquele que o matou, certamente.

Arrependem-se de dizê-lo, ou se apiedam de mim, da cara que devo estar fazendo, escutando-os:

— Nós vamos embora, professor, não queremos morrer. O que podemos falar?; eles nos ordenaram que saiamos daqui, e temos que ir, simples assim.

— Venha com a gente, professor. Mencionaram o senhor na lista. Ouvimos o seu nome. Cuidado. Seu nome estava ali.

Por que perguntam os nomes? Matam seja quem for, quem eles quiserem, seja qual for seu nome. Gostaria de saber o que está escrito no papel dos nomes, essa "lista". É um papel em branco, Deus. Um papel onde podem caber todos os nomes que eles quiserem.

Um barulho de vozes e respirações brota de uma margem da escola, da espessa ribeira que faz limite com as árvores, as montanhas, a imensidão, brota crescente do estreito caminho que vem da cordilheira: dali chegam, suando, outros homens e mulheres que se unem à fila, ouço suas vozes, falam e tremem, alegam, lamentam-se, "Estão matando gente feito moscas", dizem, como se não soubéssemos. Em vão procuro, com meus olhos, Rodrigo Pinto e sua mulher e seus filhos. Em vão procuro Rodrigo e seu sonho, sua montanha. Pergunto por ele: um de seus vizinhos de calçada balança a cabeça, e não o faz tristemente, como eu teria esperado. Pelo contrário, parece a ponto de contar uma piada: me diz que viu seu chapéu flutuando no rio e continua andando com os demais, sem responder a mais perguntas, "E a mulher do Rodrigo, e seus filhos?", insisto, mancando atrás, "Foram sete", grita, sem se virar.

Na primeira curva da estrada, eu os vejo desaparecer. Eles vão embora, eu fico, há alguma diferença, na realidade? Irão a parte alguma, a um lugar que não é deles, que nunca será deles, como acontece comigo, que fico num vilarejo que já não é meu: aqui pode começar a entardecer ou anoitecer ou amanhecer sem que eu saiba, será que já não me lembro do tempo?, os dias em San José, sendo o único das ruas, serão desesperançados.

Se ao menos encontrasse outra vez a janela de Celmiro, nós nos faríamos companhia, mas onde?, já não sei. Examino as esquinas, as fachadas: surpreendo, rodeando a calha do telhado de uma casa, os Sobreviventes, um junto do outro, em cima de mim, acompanhando os meus passos, e me observam por sua vez, os olhos fixos de curiosidade, como se igualmente me reconhecessem, "Quem dera eu fosse gato, meu Deus, só um gato ali no telhado", digo-lhes, "com certeza antes de atirar em vocês eles atirariam em mim". Eles me escutam e desaparecem, tão instantâneos como apareceram, estavam me seguindo? Das árvores, os pássaros pulam para voar em bando, depois de um sucessivo estalido de disparos, ainda distantes. Ao longe, outro grupo de homens e mulheres retardatários segue apressado seu caminho: dá a impressão que fogem na ponta dos pés, para não fazer barulho, com um sigilo voluntário, desmesurado. Algumas mulheres apontam para mim, aterrorizadas, como se comentassem entre elas a presença de um fantasma. Sentei-me em cima de uma pedra: branca, ampla, debaixo de uma magnólia que perfuma: tampouco me lembro desta pedra, desta magnólia, quando apareceram?, com toda a razão desconheço esta rua, estes rincões, as coisas, perdi a memória, como se me afundasse e começasse a descer um por um os degraus que conduzem ao mais desconhecido, este vilarejo, ficarei sozinho, imagino, mas de qualquer maneira farei deste vilarejo minha casa, e passearei por ti, vilarejo, até Otilia chegar, por mim.

Comerei o que tiverem deixado em suas cozinhas, dormirei em todas as suas camas, reconhecerei suas histórias segundo seus vestígios, adivinhando suas vidas por meio das roupas que deixaram, meu tempo será outro tempo, vou me entreter, não sou cego, meu joelho vai sarar, caminharei até o páramo como um passeio e depois retornarei, meus gatos continuarão me alimentando, se chorar é o que me resta, que seja de felicidade, vou chorar?, não, só soltar a imprevisível gargalhada que me amparou o tempo todo, e vou rir porque acabo de ver a minha filha, ao meu lado, você se sentou nesta pedra, digo-lhe, espero que você entenda todo o horror que eu sou, por dentro, ou todo o amor — esta última coisa digo em voz alta e rindo —, espero que você se aproxime compadecendo-se de mim, que perdoe o único culpado do desaparecimento da sua mãe, porque a deixei sozinha.

Agora vejo Otilia na minha frente.

E com ela uns meninos que devem ser meus netos e me olham espantados, todos de mãos dadas.

— Vocês são de verdade? — pergunto-lhes. Só pude perguntar isso.

O grito de Oye me responde, fugaz, inesperado. A visão de Otilia se desvanece, deixando um rastro amargo na minha língua, como se tivesse acabado de engolir algo realmente amargo, a risada, minha risada.

Eu me levanto. Chegarei caminhando até a minha casa. Se este vilarejo foi embora, a minha casa não. Para lá vou, digo, irei, mesmo que me perca.

A DUAS OU TRÊS RUAS DA PEDRA BRANCA, de onde talvez nunca devesse ter me mexido, eu me encontro com os mesmos homens que sabem que não estou morto, encontro-os no meio da rua, diante de uma casa com gerânios na entrada, a casa de quem? Lista na mão, perguntam aos gritos por alguém, um nome que não reconheço, o meu?, e continuo avançando até eles, e me dou conta da minha insensatez tarde demais, quando seria mais que imprudente voltar para trás; mas eles não me distinguem; vejo, do meu lugar, que a porta da casa está aberta. Com um último esforço chego na calçada da frente, contra a parede, sob as sombras de um corredor repleto de mesas com as pernas para cima: a venda de Chepe, outra vez.

Repetem, aos gritos, o nome, a porta continua aberta, ninguém sai, ninguém obedece ao nome, a ordem fatal. Um dos armados, sem necessidade, vai e chuta a porta e a despedaça com a culatra do seu fuzil; enfia-se na casa seguido por dois ou três. Tiram, arrastado, um homem que tampouco reconheci, repetem seu nome, quem?, será que estou me esquecendo até dos nomes?, trata-se de um rapaz de bigode, mais assustado do que eu, pálido, deixam-no sentado no meio da rua, o vento mexe estranhamente a fralda da sua camisa — como animais à parte, despedindo-se —, gritam-lhe algo que não entendo porque atrás se ouve um grito de mulher explodindo lá da casa, sai uma mulher velha, da idade de Otilia, tenho que saber quem, é sua mãe?, sim, é a mãe atrás, repreendendo os capangas.

— Mas ele não fez nada — grita-lhes.

De qualquer maneira, sem duvidar, apontam para o homem e disparam, uma, duas, três vezes, e depois retomam seu caminho, ignorando a mãe, ignorando-me, será que não quiseram me ver?, afastam-se a passos largos, com a mãe atrás, as mãos se agitando, a voz transtornada. "Só lhes falta matar a Deus", diz com um berro.

"Diga pra gente onde se esconde, mamãezinha", respondem-lhe.

Ela abre a boca, ao ouvi-los, como se engolisse ar; depois eu a vejo duvidar: ajoelhar-se diante do corpo do seu filho, para ver se continua vivo, para ver se é possível conseguir consolá-lo no último momento, ou seguir atrás dos homens: sua mão se pendura no embornal do último deles; com a outra, aponta o corpo do seu filho:

— Pois matem ele outra vez — grita e continua gritando —, por que não o matam outra vez?

Eu me sentei no meio-fio, e não porque quisesse me fingir de morto. O vento volta a empurrar nuvens de poeira em redemoinhos, a chuva cai, suavemente. Seja como for, me levanto; marcho em direção contrária à mãe, que grita a mesma coisa, matem ele outra vez. Escuto outro disparo, o corpo tombando. Como quando desci da cabana do mestre Claudino, o asco e as vertigens me dobram sobre a terra, estou na frente da porta da minha casa?, é a minha casa, acho — ou, pelo menos, o lugar onde durmo, isso quero crer. Acabo de entrar, só para comprovar que não é a minha casa; todos os quartos foram selados. Saio para a rua. Outro grupo de homens passa trotando, sem me distinguir. Fico quieto, ouvindo-os correr.

Finalmente reconheci uma rua, perto do que foi uma fábrica de violões: encontrar a casa de Mauricio Rey aberta, sem ninguém dentro, convenceu-me logo de que eu estava sozinho no vilarejo. Celmiro já havia morrido: "sentia-se no ar", pensei: que todos tinham ido embora, os que ficaram vivos e os assassinos, nem uma alma — surpreendi-me, e foi logo após ter pensado isso que ouvi, de algum lugar ou de todos os lugares, o grito de Oye. "Continua aqui", disse para mim mesmo, e a esperança de ainda me encontrar com alguém reapareceu.

Procurei a esquina onde Oye ficava, eternamente, para vender suas empanadas. Escutei o grito, o calafrio voltou, porque outra vez me pareceu que brotava de todos os lugares, de todas as coisas, inclusive de dentro de mim mesmo. "Então é possível que eu esteja imaginando o grito", disse em voz alta, e ouvi minha própria voz como se fosse de outro, é tua loucura, Ismael, disse, e o vento se seguiu ao grito, um vento frio, diferente, e a esquina de Oye apareceu sem procurá-la, no meu caminho. Não o vi: só o fogão com rodas, diante de mim, mas o grito foi escutado de novo, "Então não estou imaginando o grito", pensei, "quem está gritando deve estar em algum lugar". Outro grito, ainda maior, deixou-se ouvir, dentro da esquina, e se multiplicava com força ascendente, era um eco de voz, agudo, que me obrigou a tampar os ouvidos. Vi que o fogão com rodas se cobria velozmente de uma crosta de areia avermelhada, uma miríade de formigas que ziguezagueavam aqui e ali, e, no tacho, como se antes de vê-la já pressentisse, meio afundada no óleo frio e preto, como que petrificada, a cabeça de Oye: no meio da testa apareceu uma barata, brilhante, como apareceu, outra vez, o grito: "a loucura deve ser isso", pensava, fugindo, "saber que na realidade o grito não era escutado, mas escutado por dentro, real, real"; fugi do grito, físico, patente, e continuei escutando-o estendido, finalmente, na minha casa, na minha cama, barriga para cima, o travesseiro na minha cara, cobrindo meu nariz e meus ouvidos como se pretendesse me asfixiar para não ouvir mais.

Veio uma quietude inesperada, sem sossego: o silêncio ao redor.

Não era possível adivinhar que horas eram, a escuridão crescia, fechei os olhos: que me encontrem dormindo, não me mataram enquanto eu dormia? Mas não conseguia dormir, não poderia, embora a terra me engolisse. Tinha que sair para a horta, contemplar o céu, imaginar as horas, abraçar a noite, o rumo das coisas, a cozinha, os Sobreviventes, a cadeira tranquila, para dormir outra vez.

Fui para a horta. Ainda havia luz no céu: a noite salvadora continuava distante.

— Geraldina — disse em voz alta.

Agora supus que do outro lado do muro devia encontrar-se Geraldina, e, o que era absurdo, encontrar-se viva, nisso acreditei: achar Geraldina, e achá-la, sobretudo, viva. Ouvi-la viver, apesar dos gritos. Mas lembrei que também um grito, o grito do seu filho, a havia chamado, a última vez que a vi. Disso me lembrei ao atravessar o muro; o capim havia crescido em volta.

Ali estava a piscina; ali me debrucei como num fosso: no meio das folhas murchas que o vento empurrava, no meio do esterco dos pássaros, do lixo esparramado, perto dos cadáveres petrificados das araras, incrivelmente pálido, jazia de barriga para baixo o cadáver de Eusebito, e era mais pálido pela nudez, os braços debaixo da cabeça, o sangue como um fio parecia ainda brotar de sua orelha; a galinha ciscava ao redor, a última galinha, e se aproximava, inexorável, da sua cara. Pensei em Geraldina, e me dirigi à porta de vidro, aberta de par em par. Um ruído no interior da casa me deteve. Esperei uns segundos e avancei, colado na parede. Atrás da janela da salinha, pude entrever os quietos perfis de vários homens, todos de pé, contemplando algo com desmedida atenção, mais do que absortos: recolhidos, como paroquianos na igreja na hora da Elevação. Atrás deles, de sua imobilidade de pedra, suas sombras escureciam a parede, o que contemplavam? Esquecendo-me de tudo, só procurando Geraldina, surpreendi-me avançando na direção deles. Ninguém reparou na minha presença; eu me detive, como eles, outra esfinge de pedra, escura, surgida na porta. Entre os braços de uma cadeira de balanço de vime estava, aberta em toda a sua plenitude, enfraquecida, Geraldina nua, a cabeça sacudindo para um lado e para o outro, e, em cima, um dos homens a abraçava, um dos homens revolvia Geraldina, um dos homens a violentava: ainda demorei para compreender que se tratava do cadáver de Geraldina, era seu cadáver, exposto diante dos homens que aguardavam, por que não os acompanha, Ismael?, me escutei humilhar a mim mesmo, por que você não explica para eles como se violenta um cadáver?, ou como se ama?, não era com isso que você sonhava?, e me vi espreitando o cadáver nu da Geraldina, a nudez do cadáver que ainda fulgia, imitando à perfeição o que podia ser um abraço de paixão de Geraldina. "Estes homens", pensei, "dos quais só via o perfil das caras transtornadas, estes homens devem estar esperando a sua vez, Ismael, você também está esperando a sua vez?", isso acabo de me perguntar, diante do cadáver, enquanto se ouve sua comoção de boneca manipulada, inanimada — Geraldina virada para ser possuída, enquanto o homem é somente um gesto feroz, seminu, por que você não vai e lhe diz que não, que assim não?, por que não vai você mesmo e lhe explica como?

— Pronto — grita um dos homens, alongando estranhamente a voz. — Deixa.

E outro:

— Vamos embora.

Os três ou quatro restantes não respondem; são, cada um, uma pequena ilha, um perfil baboso: pergunto-me se não é o meu próprio perfil, pior do que se me olhasse no espelho.

Adeus, Geraldina, digo em voz alta, e saio dali.

Escuto que gritam às minhas costas.

Saí pela porta principal. Dirijo-me à minha casa, avanço pela rua tranquilamente, sem fugir, sem me virar para olhar, como se nada disto estivesse acontecendo — enquanto está acontecendo —, e alcanço a maçaneta da minha porta, minhas mãos não tremem, os homens gritam para eu não entrar, "Quieto", gritam, rodeiam-me, pressinto por um segundo que inclusive me temem, e me temem agora, justo quando estou mais sozinho do que estou, "Seu nome", gritam, "ou acabamos com você", que se acabe, eu só queria, o que eu queria?, me trancar para dormir, "Seu nome", repetem, o que vou dizer a eles?, meu nome?, outro nome?, eu vou dizer que me chamo Jesus Cristo, vou dizer que me chamo Simón Bolívar, vou dizer que me chamo Ninguém, vou dizer que não tenho nome e vou rir outra vez, pensarão que estou brincando e atirarão, assim será.

Este livro, composto na fonte Fairfield
e paginado por Monika Bruttel, foi impresso
em papel pólen soft 80g na Gráfica Bartira.
São Paulo, Brasil, no outono de 2010.